Traps Need Fresh Bait

新編賈氏妙探

之28 巨款的誘惑

賈德諾 Erle Stanley Gardner 著　周辛南 譯

目錄
Contents

出版序言　關於「妙探奇案系列」 5

譯序　美國有史以來最好的偵探小說 9

第一章　正經偵探社追求的理想 13

第二章　灰姑娘的命運 31

第三章　熱烈的吻別 75

第四章　四萬元現鈔 99

第五章　蒙拿鐸大廈的辦公室 125

第六章　費律師 137

第七章　羅陸孟三氏建築事務所 143

第八章　麻煩才正開始　157
第九章　經常離家的推銷員　177
第十章　拆夥的打算　187
第十一章　臨時辦公室　207
第十二章　嫌疑犯　229
第十三章　沒有搜索狀的搜索　247
第十四章　黑幕　267

出版序言

關於「妙探奇案系列」

當代美國偵探小說的大師，毫無疑問，應屬以「梅森探案」系列轟動了世界文壇的賈德諾（E. Stanley Gardner）最具代表性。但事實上，「梅森探案」並不是賈氏最引以為傲的作品，因為賈氏本人曾一再強調：「妙探奇案系列」才是他以神來之筆創作的偵探小說巔峰成果。「妙探奇案系列」中的男女主角賴唐諾與柯白莎，委實是妙不可言的人物，極具趣味感、現代感與人性色彩；而每一本故事又都高潮迭起，絲絲入扣，讓人讀來愛不忍釋，堪稱是別開生面的偵探傑作。

任何人只要讀了「妙探奇案」系列其中的一本，無不急於想要找其他各本，以求得窺全貌。這不僅因為作者在每一本中都有出神入化的情節推演，而且也因為書中主角賴唐諾與柯白莎是如此可愛的人物，使人無法不把他們當作知心的、親近的朋友。「梅森探案」共有八十五部，篇幅浩繁，忙碌的現代讀者未必有暇遍覽全集。而「妙探奇案系列」共為廿九部，再加一部偵探創作，恰可構成一個完整而又連貫的「小全集」。每一部故事獨立，佈局迴異；但人物性格卻鮮明生動，層層發展，是最適合現代讀者品味的一個偵探系列。雖然，由於賈氏作品的背景係二次大戰後的美國，與當今年代已略有時間差異；但透過這一系列，讀者仍將猶如置身美國社會，飽覽美國的風土人情。

本社這次推出的「妙探奇案系列」，是依照撰寫的順序，有計劃的將賈氏廿九本作品全部出版，並加入一部偵探創作，目的在展示本系列的完整性與發展性。全系列包括：

①來勢洶洶 ②險中取勝 ③黃金的秘密 ④拉斯維加，錢來了 ⑤一翻兩瞪眼 ⑥變！失蹤的女人 ⑦變色的色誘 ⑧黑夜中的貓群 ⑨約會的老地方 ⑩鑽石的殺機 ⑪給她點毒藥吃 ⑫都是勾搭惹的禍 ⑬億萬富翁的歧途 ⑭女人等不及了 ⑮曲線美與痴情郎 ⑯欺人太甚 ⑰見不得人的隱私 ⑱探險家的嬌妻 ⑲富貴險中求 ⑳女人豈是好惹的 ㉑寂寞的單身漢 ㉒躲在暗處的女人 ㉓財色之間 ㉔女秘書的秘密 ㉕老千計，狀元才 ㉖金屋藏嬌的煩惱 ㉗迷人的寡婦 ㉘巨款的誘惑 ㉙逼出來的真相 ㉚最後一張牌。

本系列作品的譯者周辛南為國內知名的醫師，業餘興趣是閱讀與蒐集各國文壇上高水準的偵探作品，對賈德諾的著作尤其鑽研深入，推崇備至。他的譯文生動活潑，俏皮切景，使人讀來猶如親歷其境，忍俊不禁，一掃既往偵探小說給人的冗長、沉悶之感。因此，名著名譯，交互輝映，給讀者帶來莫大的喜悅！

譯序

美國有史以來最好的偵探小說

周辛南

賈氏「妙探奇案系列」，（Bertha Cool—Donald Lamm Mystery）第一部《來勢洶洶》在美國出版的時候，作者用的筆名是「費爾」（A. A. Fair）。幾個月之後，引起了美國律師界、司法界極大的震動。因為作者大膽的在小說裡寫出了一個方法，顯示美國人在現行的美國法律下，可以在謀殺一個人之後，利用法律上的漏洞，使司法人員對他無計可施，只好讓他逍遙法外。

於是「妙探奇案系列」轟動了美國的出版界、讀書界和法律界，到處有人打聽這個「費爾」究竟是何方神聖？

作者終於曝光了，原來「費爾」就是名作家賈德諾的另一個筆名。史丹利·賈德諾（Erle Stanley Gardner）是美國當代最著名的作家之一。他本身是法學院畢業的律師，早期執業於舊金山，曾立志為在美國的少數民族作法律辯護，包括較早期的中國移民在內。律師生涯平淡無奇，倒是發表了幾篇以法律為背景的偵探短篇頗受歡迎。於是改寫長篇偵探推理小說，創造了一個五、六十年來全國家喻戶曉，全世界一半以上國家有譯本的主角——梅森律師。

由於「梅森探案」的成功，賈德諾索性放棄律師工作，專心寫作，終於成為美國有史以來第一個最出名的偵探推理作家，著作等身，已出版的一百多部小說，估計售出七億多冊，為他自己帶來巨大的財富，也給全世界喜好偵探、推理的讀者帶來無限樂趣。

賈德諾與英國最著名的偵探推理作家阿嘉沙．克莉絲蒂是同時代人物，都活到七十多歲，都是學有專長，一般常識非常豐富的專業偵探推理小說家。

賈德諾因為本身是律師，精通法律。當辯護律師的幾年又使他對法庭技巧嫻熟，所以除了早期的短篇小說外，他的長篇小說分為三個系列：

一、以律師派瑞．梅森為主角的「梅森探案」；

二、以地方檢察官Doug Selby為主角的「DA系列」；

三、以私家偵探柯白莎和賴唐諾為主角的「妙探奇案系列」；

以上三個系列中以地方檢察官為主角的共有九部。以私家偵探為主角的有二十九部，梅森探案有八十五部，其中三部為短篇。

梅森律師對美國人影響很大，有如當年英國的福爾摩斯。「梅森探案」的電視影集，台灣曾上過晚間電視節目，由「輪椅神探」同一主角演派瑞．梅森。

研究賈德諾著作過程中，任何人都會覺得應該先介紹他的「妙探奇案系列」。讀者只要看上其中一本，無不急於找第二本來看，書中的主角是如此的活躍於紙上，印在每個讀者的心裡。每一部都是作者精心的佈局，根本不用科學儀器、秘密武器，但緊張處令人透不過氣來，全靠主角賴唐諾出奇好頭腦的推理能力，層層分析。而且，這個系列不像某些懸疑小說，線索很多，疑犯很多，讀者早已知道最不可能的人才是壞人，以致看到最後一章時，反而沒有興趣去看他長篇的解釋了。

美國書評家說：「賈德諾所創造的妙探奇案系列，是美國有史以來最好的偵探小說。單就一件事就十分難得——柯白莎和賴唐諾真是絕配！」

他們絕不是俊男美女配：

柯白莎：女，六十餘歲，一百六十五磅，依賴唐諾形容她像一捆用來做籬笆，帶刺的鐵絲網。

賴唐諾：不像想像中私家偵探體型，柯白莎說他掉在水裡撈起來，連衣服帶水不到一百三十磅。洛杉磯總局兇殺組宓警官叫他小不點。柯白莎叫法不同，她常說：「這小雜種沒有別的，他可真有頭腦。」

他們絕不是紳士淑女配：

柯白莎一點沒有淑女樣，她不講究衣著，講究舒服。她不在乎別人怎麼說，我行我素，也不在乎體重，不能不吃。她說話的時候離開淑女更遠，奇怪的詞彙層出不窮，會令淑女嚇一跳。她經常的口頭禪是：「她奶奶的。」

賴唐諾是法學院畢業，不務正業做私家偵探。靠精通法律常識，老在法律邊緣薄冰上溜來溜去。溜得合夥人怕怕，警察恨恨。他的優點是從不說謊，對當事人永遠忠心。

他們也不是志同道合的配合，白莎一直對賴唐諾恨得牙癢癢的。

他們很多地方看法是完全相反的，例如對經濟金錢的看法，對女人——尤其美女的看法，對女秘書的看法……

但是他們還是絕配！

賈氏「妙探奇案系列」，為筆者在美多年收集，並窮三年時間全部譯出，全套共三十冊，希望能讓喜歡推理小說的讀者看個過癮。

第一章　正經偵探社追求的理想

下午三點半——正是附近摩天大樓中各個辦公室下午半小時休息的時候——愛好玩黑市賭馬的可以到各咖啡店去打電話找自己的經紀人，不玩這一手的可以喝杯咖啡，叫塊蛋糕或三明治；怕肥的，也許來杯不加糖的茶。

我沒有體重問題，我正在想邀我的秘書卜愛茜出去，來上一大杯冰淇淋，但是我看到我私人辦公室門上的磨砂玻璃外一些奇怪閃閃的紅光。

門把轉動。

有人自門外輕輕把門用腳踢開，我看到那閃閃的紅光——是一些點著的蠟燭，插在一個圓形的大蛋糕上。

卜愛茜帶路，手裡捧著這個蛋糕。她後面跟著邁進來的是柯白莎，我們這所私家偵探社資深的合夥人——一百六十五磅粗壯的骨頭和上肉。某些方面來說，是充滿效率的。

柯白莎之後是接線員、打字員。打字員也是柯白莎的私人秘書。

門一打開就聽到她們開始在唱：「祝你生日快樂，祝你生日快樂！祝你生日快樂，唐諾，祝你生日快樂！」

卜愛茜把蛋糕放我桌上。她鄭重其事看向我道：「許一個願，一口氣把蠟燭吹熄，你會如願以償的。」

我深吸一口氣，用力一吹，蠟燭尚留下一支沒有被吹熄。

「你沒有辦成。」卜愛茜深深遺憾地說。好像願望是她許的似的。

「他奶奶的，」白莎說：「這小子不能如願以償，倒還是第一次！」

接待員是個快三十歲，高個子，崇尚羅曼蒂克的女孩，在咯咯地笑。

打字員拿出一大壺煮好的咖啡和紙杯。愛茜拿出一把刀子，她說：「唐諾，蛋糕是我親手烘的，你喜歡的那種。」

我把蠟燭一支支拔下來，統統放在菸灰缸裡，開始切蛋糕。

門口一個男人聲音說道：「原來大家都在這裡。」

所有人轉過頭去。

門口的男人盡力和藹可親。他是個寬肩高個子，腰部不肥，臉曬得黑黑的。

我覺得他是德州佬。他臉上有風吹成的皺紋和魚尾紋，鼻子很高，鼻翼兩側下來的紋，把嘴都包起來了。

我一看就知道，他要乖戾起來，是十分不易相處的。

「對不起，」他說：「看來我拜訪的時候不對，你們正在下午茶時間。」

「生日派對。」我解釋道：「是我的生日。她們給我一個驚奇。」

「喔！」他說。

柯白莎絕對不肯眼看送上門來的鈔票不要，但是她也不願讓個子大的人來主宰她。

「每年都有一次。」她說，過了一下又加上一句：「你有意見嗎？」

「一點沒有，一點也沒有。」男人說：「希望你們不介意我自作主張請求加入。我可以幫你們忙吃塊蛋糕，也許一面可以談談生意。」

「好，我們這裡椅子不夠。」白莎道：「反正本來也就是個站著慶祝的派對。你愛怎樣的咖啡——什麼不加？還是什麼都加？」

「什麼都加。」他說。

白莎重新審視那位客人，看到他平平的腹部，白莎咕嚕了一下。

白莎的體型有如一捆帶刺的鐵絲網。很多次她也想到過節食減肥。最後總是因一句話而中止——「管它呢，又有什麼好處？」

我切蛋糕。

她們為我辦的驚奇派對，因為外人參與，現在變得有點怪怪的。

我把第一塊蛋糕交給這位不速之客。他紳士地把它轉獻給白莎。白莎一手接下來，一手自桌上拿起叉子，叉子尚未到手，蛋糕已被咬了一口。

「愛茜，叉子哪裡拿來的？」白莎問。

「樓下餐廳拿來的。」

「蛋糕不錯。」白莎道。又轉向那外客：「你姓什麼？」

「姓鄧。」他說：「鄧邦尼。對不起，手裡有蛋糕，不方便給你名片。吃完蛋糕我再證明給你看看，我是新墨西哥州，大陸保險理賠公司主管調查的副理。」

「為什麼這樣？」白莎問。

「為什麼怎樣？」

「把保險公司設在新墨西哥州？」

「因為那地方是很多事業的中心，」鄧邦尼說：「我們不迎合城市的財富。我們看中農村。我們總公司組織是很好的——佔地大，地價小，房間多，還可以擴充——是個人口不多的城市。你可以稱她是農村背景。」

白莎重又看向他，「這樣呀？」

卜愛茜相當失望，不只因為我許的願將無法完成，而且因為有個陌生人闖入了辦公室派對——怪怪的。

白莎把腳穩穩地站在地上，人家心裡有數，她在準備談生意了。

白莎用叉子又叉起一口的蛋糕，煞有介事地放進口中咀嚼，用咖啡把它吞下，用鑽石樣的小眼再度合乎口味地看一眼鄧先生，她說：「有何貴幹？」

「談一筆生意。」鄧邦尼說。

「這本來就是做生意的地方。」白莎告訴他說。

鄧邦尼向她笑笑。

「這時候比較特別。今天是唐諾生日。」白莎道：「這裡小姐說要給他慶祝一下。奶奶的，從來沒人想到過我什麼時候生日。」

辦公室突然靜下來。過了一下，卜愛茜開口道：「柯太太，沒有人知道你的生日是幾月幾日呀！」

「你們當然不會知道。」白莎說。

鄧邦尼說道：「想來你是這家公司的資深合夥人柯白莎女士。這位當然是資淺的合夥人賴唐諾了。」

「沒有錯。」白莎說。

「我注意你們公司很久了。」他說。

白莎沒回答，咕嚕了一下。

「你不介意的話，你們兩位可以稱做絕配，」鄧邦尼說：「而且你們對於幾乎不可能辦到的案子，都有出乎意外的成功機率。」

柯白莎想說幾句，但是改變主意，又送了一大口蛋糕進到嘴中去。

「我有一件極重要的工作——一件要非常技巧的工作。而且是十分奇怪的工作。」鄧邦尼說道。

「嗯哼，」白莎一嘴蛋糕，含糊地應著。「我們所有工作都像你形容的一樣。」

「我想談一談這件工作的內容，也想談一下報酬。」

白莎用咖啡沖下口中的蛋糕。

「你走出去到外間去。」她說：「你向右轉，有一扇門上面印著『柯氏．私人辦公室』，你就進去，自己坐下來。我一分鐘就到，我們在那裡談價錢。」

「此時此地談不行嗎？」鄧邦尼問。

「老天，絕對不行。」白莎道：「隨便什麼人和我談鈔票問題，我要坐在我自己辦公室，自己的椅子裡。」

「我知道，這公司談到錢——是由你決定的，是嗎？」

「沒錯，有時有唐諾，但他不是必要的。」白莎道：「像今天，既然唐諾在慶祝他的生日，我們兩個談就可以了。事實上這對我還更合適一點。」

白莎把她盤子裡最後留下的一些奶油和蛋糕屑刮進口裡。把盤子放在我的辦公桌上，她說：「愛茜，蛋糕不壞，」轉身，又對鄧邦尼道：「走呀，你也可以帶了咖啡蛋糕走。」

白莎帶頭走出我的辦公室，有如一條戰艦下水入海。

鄧邦尼猶豫了一下，把尚留有小半塊蛋糕的盤子放在辦公桌上，跟在白莎後面。

卜愛茜對我說：「謝天謝地他們走了！唐諾，剛才你許了一個什麼願？」

我搖搖頭，「不足為外人道的。」

她說：「說不定仍舊可以如願以償的。」

女接線員說：「我得回我總機去了。」她走到門口停住。把門拉開說道：

「何小姐，走啦。」

打字小姐說：「我在想再來一塊！」

「算了。」接線員道：「第二塊絕不會比第一塊好吃的。」仍舊把門為她開著。

兩位小姐離開房間，卜愛茜道：「唐諾，要祝福你了。」

「祝福什麼？」

「你的生日呀，傻瓜！」

我笑向她，「謝謝你的蛋糕。」我說。

她走近我，看著我眼睛，她說：「我高興。」她吻我，「你可以再許個願。」她說。

「想法很好。」我說。

愛茜站我身旁，她說：「剛才切蛋糕前，應該請白莎讓我把辦公室大門關起來的。」

我笑笑。

「我就知道，」她說：「白莎見到了錢，就忘掉其他一切了。」

她仍舊站在我身旁，看向我，把嘴唇湊向我，電話鈴大響起來。

愛茜在電話響第二次鈴時不得已地拿起電話，她說：「喂。」接線員的聲音響到連我在幾尺以外都聽到了。她說：「白莎要唐諾馬上過去。」

「喔！唐諾。」愛茜說。拿起一塊紙巾向我嘴唇擦來。她說：「那個鄧邦尼真是討厭。」

我把雙手抱住她的纖腰，把她整個人拉近來。我用我臉頰貼上她臉頰幾十秒鐘，拍拍她的肩頭，自己離開她走向白莎的辦公室，留下她一個人善後，及把叉子送回樓下的餐廳去。

白莎說：「唐諾，坐下來。鄧先生說他的問題相當複雜，我想沒有理由要他說了一次再說一次。你現在一起來聽，等他說完，我們來決定能不能幫他忙。」

她轉向鄧邦尼，她說：「這一切始自報上的一個人事分類廣告，是嗎？」

「事實上，」鄧邦尼道：「比這個要早一點點。我們在俄勒岡州波特蘭也發生過相同情況。」

「你們在俄勒岡的波特蘭又是幹什麼？寫保險單？」

他笑笑道：「你誤解了，柯太太，保險手續是在新墨西哥州完成的，但是受保人跑到俄勒岡發生了車禍。」

「這件新的案子發生在一輛買我們保險的凱迪拉克車上。那輛車發生車禍，而且在廣告中被提及。」

白莎說：「我懂了。」但是我看她什麼也沒懂。

「我不懂。」我說。

鄧邦尼自口袋中拿出一份剪報，交給我道：「你唸出來給柯太太聽。用紅筆勾出來的那一段。」

我唸這段廣告：

懸賞三百元：凡提供消息使找到證人，此證人能宣稱四月十五日下午約十時，於吉東街克倫街，一輛福特天王星罔顧應停止的燈示，衝撞一輛灰色凱迪拉克者。請聯絡信箱六八五。

「三百元，」我說：「不少錢呀！」

「他們不能用便宜一點的方法嗎？」白莎問。

「但是找不到這一類證人。」我說。

「你什麼意思？」白莎問。

「你注意他措詞。」我說：「這三百元只付給能宣誓作證福特天王星罔顧該停的燈示而衝過去撞那凱迪的人。」

「假如當時情況如此，又有什麼不對？」白莎問。

「萬一當時情況不是那樣的。」我說：「萬一正好完全相反。假如福特天王星是綠燈，而凱迪該停不停，衝撞了天王星。再說，這則廣告是登在人事欄的。」

白莎兩眼啪搭啪搭搧呀搧的。她說：「他奶奶的！」

鄧邦尼說：「正是如此。我們也這樣想。有嫌疑，像是在找願意做偽證的證人。像這種事，我們也在波特蘭發生過。」

「如此看來，」我說：「你是代表那位開福特車人的。他是向你們公司投保的。當然，你不指望他被別……」

「不是，」他打斷我的話說：「奇怪得很，我們保險的是灰色凱迪拉克車。」

「但是你不知道這廣告是什麼人登的？」

「不知道。」

「萬一出現了三個證人，」我說：「這位老兄就得拿出九百元來。兩位證人也得付六百元。即使只一位證人，這筆錢也是相當龐大的。」

「沒錯。」鄧邦尼簡短地支持我的說法。

「假如他不能自保險公司把錢收回來，」我說：「這位登廣告的仁兄又怎麼能夠把這筆鈔票回本呢？」

鄧邦尼聳聳雙肩。

「波特蘭那件案子是怎麼樣的？」

「解決了。」

「廣告帶來什麼結果嗎？」

「我們不知道。」

「那廣告也是登得對你們有利嗎？」我問。

「不是，那條廣告登的是徵求對對方有利的證人。

「我們拿到一些證詞的副本。我們的調查員訪問了一些證人。我們決定和解算了。是在事後，有人偶然看到了那一則廣告，送交我們，問我們有沒有興趣，其實那個時候這已經是無關緊要的了。」

「否則的話，和解的時候多少還要受那張廣告後果的影響的，對嗎？」

「沒有錯。」鄧邦尼道。

「多少錢和解成功的？」我問。

「兩萬兩千五百元。」

「奶奶的！」白莎低低自語地說。

鄧邦尼道：「我們注意這一則廣告，自然是正常的反應。我們想知道它背後的原因。我們要知道什麼人在主持，我們想知道這是真為了求證據，還是另有目的，是不是想引人自願做偽證。」

白莎道：「這些事唐諾是專家。他有辦法知道答案。」

「費用呢？」邦尼說，立即又加上一句：「五十元一天另加必要報銷，夠了吧？」

「這，」白莎道：「是一般行規的日支……」

「保證至少幾天，另加訂金。」我說。

邦尼看向我笑笑說：「聽說這公司費用都由白莎決定的。」

「沒有錯，」我說：「決定都在她，我有建議權。」

「一千元基本開支。」白莎簡短地說。

「高了一點吧。」邦尼道。

「對這一類工作不高。對方如果是流氓地痞或有組織的壞蛋，唐諾冒的險太大了。」

鄧邦尼上上下下又看我一次。

「千萬別因為他外表矮小而會錯了意。」白莎快快地說：「他肌肉自然不能和超人比。不過這小子腦子可是一流的。」

邦尼說：「我們研究過你們私家偵探社的資料，我們的結論是：你們是一對有效率的絕配。為了不要說我不公平，我要提醒你們一下，這次的任務是有身體上的危險的。」

「反正唐諾從隙縫中可以鑽進去，也鑽得出來。」白莎說。

「這條縫可能不太寬。」邦尼警告說。

「你在幹什麼？」白莎問：「想叫我加價？」

「我認為價格的事已經談妥了。」

「一千元押金，不退的，五十元一天，另加開支？」白莎問。

「可以。」邦尼說。

白莎道：「一千元要先付。沒工作就先付。」

鄧邦尼拿出一本支票簿，笑笑說：「你是說在我離開這裡前要先付，是嗎？」

他慢慢地數出十張百元大鈔，對白莎說：「發票請開大陸保險理賠公司。」

柯白莎雙手接過現鈔，眼中露出貪婪的神色，拿出一本發票本，開始開發票。

我說：「開支會詳列清單的，不過開支會相當大。」

「為什麼？」

「裡面假如有詐——事實是你一定認為裡面有詐的，否則你不必花錢找我們來辦——你怕這些人會在你去聯絡的時候起疑心，起警覺。所以我去聯絡的時候，要完全另外用一種身分，一個新的社會背景，新地址，換一輛車——每件事都要花錢的。」

他說：「對是對，錢總是越少花越好。去弄一輛二手貨車子，事後你還可以賣掉它的，這樣的話，在車子上我們就所花無幾了。」

「你說『我們』是什麼意思？會不會像我想像那種『我們』？」

「你想像的是什麼？」

「幾家保險公司在這件事上是聯線的。挑你公司出來聯絡，因為你們是小公司，可以在要價上便宜些？」

他一本正經地說：「我說的『我們』，只是表示你我現在聯手在辦這件事。你只要擔心自己能不能做好這件事，不必去研究我腦子裡面在想什麼。」

鄧邦尼自白莎手中接過收據，連看都沒有看，把它對摺，放進皮包裡去。

「我要的是立即行動。這件事應該立即開始辦。」他說。

我點點頭。

鄧邦尼向白莎微笑，微微躬一躬身子，走向門去。

「我的報告怎麼送給你？」我問。

「你告訴柯太太就可以了。我會和她聯絡的。」邦尼頭也不回走出門去。

白莎把手指輕點在合閉著的雙唇上，直到聽到外間辦公室的門也關上的聲音，突然，她臉上展開笑容。

「唐諾，」她說：「這一類的生意才是一家正經偵探社追求的理想。求也求不來，一旦到手，聲譽與錢財源源而來。」

我什麼也不說。

白莎繼續道：「你接手過太多案子，結果七搞八搞都搞出一具屍體來，變成了低級的謀殺案件。這件案子可能使我們走上正道，鄧先生是正經、體面、有身分的人。」

我假裝很驚奇，「只看一眼，你都知道了？」

笑容自白莎臉上消失，「至少他全身散發著受人尊敬的味道。」

「他是保險公司哪一部門的？」我問：「理賠的？法務的？偵訊的……？」

「他沒講呀。」

「他卡片上沒有嗎？」

白莎打開抽屜，自抽屜中拿出一張名片，藍色突的印刷非常醒目。

「只有保險公司名字，左下角印個鄧邦尼名字。」我說。

「新墨西哥州，哈契塔，」白莎說：「聽起來不錯呀。」

「聽起來是不錯。」

白莎道：「我想像得出來，一家大公司獨立在一大片土地上，職員有眷舍，大家有新鮮空氣，停車容易，每人有大辦公室。他們的生意一定有不少是信件來往的。」

「那是必然的。」我說。

「什麼意思？」

「你到過新墨西哥州嗎？」

「當然，很多次。」

「到過哈契塔嗎？」

「沒有，去哪鬼地方做什麼？但是我知道大概在哪裡。」

「在哪裡？」

「在勞斯堡下面什麼地方。」

「我倒去過。」

我走向壁架，把我們大地圖書拿下來，打開來找哈契塔。

我向白莎笑道：「新墨西哥州，哈契塔鎮，人口，一百四十二人。」

白莎和人鬥嘴，是一定要讓自己說最後一句話的。她把牛頭狗似的下巴戳出來。

「那是一本舊地圖。」她說。

「沒錯，」我說：「人口是會成長的，算他一百四十三好了。」

她臉色變黑。

「即使人口成長一倍。」我說：「也不過兩百八十四。」

「又怎樣？」她說：「這張卡片印起來要不少錢！」

「沒錯。」我說。

「又什麼意思？」她問。

「可見得卡片不是在哈契塔印的。」我說，走出門去。

第二章　灰姑娘的命運

我所租到的公寓還不如我原來想像那個樣子。那是一個三等公寓，一共三層，不過每一層走道頭上有架電話。傢俱既老且霉，整個走道終年有煮白菜的味道。

弄輛舊車倒很順利，價格比舊車指南上所示還便宜。

我寫了一封信，寫上我的新地址，寄給六八五信箱。信中有我所住那三層走道底的電話號碼。我也寫明當晚十點正我會等電話，如有不便，則次日的上午十一時也可以。

我用真名——賴唐諾簽的信尾。我相信他們會要求看我的駕照，我沒足夠的時間去搞假證件。

當然，私家偵探的名字是絕對不會自願去登在電話簿上的。萬一他們查電話簿去求證賴唐諾是什麼人的話，查不出什麼東西的。

萬一他們查偵探社的話，他們可能會查到柯賴二氏私家偵探社。但是洛杉磯有太多私家偵探了——這點險我可以冒一下。

我故意對十點鐘的約會不予理會。逕自回家睡覺去了。但是第二天早上，十一點鐘，電話響的時候，我正在電話機旁。我在鈴聲才第一次響時就拿起了電話。

對方是個女人，說起話來很職業性，直截了當。

「你是賴先生？」

「是的。」

「我們登的廣告，你來應……」

「是的，有關車禍的。」

「你說你可以使我們見到證人？」

我假裝我做事步步謹慎，「廣告上說是有獎金的。」

「假如你仔細看廣告上的文字，你會懂：假如有人能提供證人，該證人又可以宣誓我們報上所說的情況，就可以拿到獎金。」

「你找到你要的人了。」我說。

「我要的人？」

「是的，」我快快地說道：「我是說我能……我最好能先和你談談。」

「好吧，賴先生，你在哪裡？」

我把地址給她。

「今天下午十二點三十分正，你來蒙拿鐸大廈一六二四號房間。你可以直接進一六二四坐下來。我會盡可能準時見你。有一點要注意，不早不晚，十二點三十分。」

「準定到。」我保證，把電話掛了。

我把那二手車開到近那地址的一個停車位，準備可以準時赴約，也想先把附近現場清查一下。

蒙拿鐸是一座很老的辦公大廈。電梯都已經有點搖晃了。大廳裡部份瓷磚鋪的地面已有不平整了。大廳零售店沒好好管理，香菸、菸草、報紙、雜紙混成一大堆。書架上有書，書架前面地上也堆了一堆堆的書。整個地方照明還不大充分。

我決定不要投機，所以不先上樓去看現場。老式的電梯都有操作員，我不要別人知道我事先已經先來看過地形。

我退出來，在附近走一走，在十二點二十三分正回到大廈來，乘電梯到十六樓。

一六三四是一間辦公室，門上有六、七家公司行號名稱。我一個也沒聽說過。

我走進去，一個女人坐在一張辦公桌後面假意地遞過一張卡片來。「請你填上姓名地址，來這裡要見什麼人。」她說。

我把真名，新設好的地址寫上，又填上「應徵報上廣告」。

「喔，是的。」那女人說：「賴先生，我相信你的時間是十二點三十分。」

她看了一下腕錶，「我錶上說你早到了五分鐘。」她說。

我點點頭。

「賴先生，請你坐下來等一下。」

「當然，當然。」

我坐下不到三分鐘，通外面的門開啟，一個二十歲左右的女郎向前兩步進入辦公室，站定在那裡向左右顧盼。

她站定的樣子，並不是一般人進入新環境環視一下的狀況。她停下來有如做一個決定，到底是義無反顧一定要勇往直前完成一項工作，還是快點回頭逃之夭夭。

坐在辦公桌後面的女人還是用相同的假意，「午安」。她說。

門口的女人把雙肩向後一扭，一直走向辦公桌前。

女人給她一張卡片，「請你填上姓名地址，來這裡要見什麼人？」她說。

我冷眼看女郎填卡片。辦公桌後女人說：「喔，你是葛小姐，你的時間是十二點四十五分，你來早……太早了一點。」

女郎神經質地笑了起來，「是的……我對這城市比較不熟悉，我又不想遲到了，我……」

「好，你可以坐下來等一下，當然你也可以等一下再來。」

女郎走向我一側的一個椅子，又改變計劃，走到面對我一側的一張椅子坐下。

有幾分鐘我只好看向她。房間裡也沒有什麼別的東西好看。這裡只有一張辦公桌，左右兩邊各有幾張椅子。這樣子有點像私家醫師的候診室，但是這裡除那一張辦公桌外沒有其他桌子，而且沒有雜誌架，連報架也沒有。

我又看向葛小姐。

她的腿很美，栗色鬈曲的頭髮，目前她有點神經兮兮。

我一直在仔細研究各式女人的服飾，但是女人千變萬化，要用的時候總覺得知道不多。

女郎穿的一套衣服，設計時的目的顯然是為了上班或旅行用的。她穿的一套真似遠道而來，一兩處已見到裂縫，不過原先這套衣服，一定很昂貴。身上其他配件都很完整——一件長外套，使用的是和裡面兩件頭一樣的料子色彩——粉頸上一條稍帶腥紅的絲巾。她的鞋子是蛇皮的，配合帽子、手套的棕紅。

我看得出她也在注視我——故意假裝未在意——以我為另一偶遇的人，或是會替她製造困難的人？

通向裡面走道的門打開，我在看的女郎一驚，看向那一側。

一個提了一只手提箱的謙和男人說：「十二A都好了，李小姐。」

女人點點頭，笑笑，拿起電話說了幾句我聽不到的話。

本來在十二號A裡說「都好了」的男人走出門去，大門自動閉上。辦公桌後的女人說：「賴先生，你可以進去了。」隨即微笑向葛小姐說：「葛小姐，再兩分鐘就輪到你了。」

「謝謝，我會等的。」

我經過辦公桌向裡走。桌後的女人遞給我一張紙條，她說：「進去右側第三道門。」

我看一下紙條，上面寫「十二A」。

我開門進入裡面走道，裡面是六個小辦公室。走道兩側每邊三間。

我要去的十二A是右側最後一間，我打開門進去。

一位褐色膚髮寬肩的男士，梳著油光的頭髮，從頭至腳地在看我，兩眼冷冷的絕不亞於柯白莎的眼色。

「賴先生吧？」他問。

「是的。」

「坐下來。」

這間辦公室小小的，是正方形有如一粒骰子。裡面有一張桌子，一張迴轉椅，兩張直背椅，另外一具內線電話，其他什麼也沒有。

桌子後的男人說：「賴先生，我的名字叫賀龍，能見到你真高興。你來信說你見到了報上的廣告。」

「是的。」

「你以為你能告訴我們有一個目擊證人？」

「是的。」

「你能告訴我們有關這位證人的背景嗎？」

「他是我的一個熟人。」

賀龍笑道：「那當然，那當然。」

賀龍個子很大，大大的手平放在辦公桌的桌面上。桌上有一套放筆的架子，一疊便條紙，還有那具內線電話。

我說：「報上說有一筆獎金。」

「是有一筆獎金，」他說：「不過目前我要向你先說明一切，免得以後有什麼誤會。」

賀龍彎腰自桌旁拿起一只手提箱，又自手提箱中拿出一張地圖，鋪在桌上。又再自手提箱中摸出兩具小小的玩具汽車，小心地放在地圖上。

地圖是自己畫的，大比例尺，市區吉東街和克倫街交叉路口，一切路標，交通信號都標註得十分清楚。

「你看。」賀龍說：「這一輛是福特天王星。它自吉東街下來。你該記得在街口有紅綠燈信號。賴先生。」

他繼續說：「意外發生的時候，凱迪拉克沿克倫街在走，福特天王星以高速自吉東街下來。快到街口時對著吉東街的燈號是黃燈，駕駛顯然是想在燈號轉變前衝過十字路口。不過車子衝進交叉口時，燈號絕對是已經變為紅色的了。福特車太快了，要停車也不可能了。

「它以高速衝過了十字路去撞上凱迪拉克。」

我什麼也不說。

賀龍移動那代表凱迪的小汽車，自克倫街過來。「你看，這凱迪拉克向吉東街方向走。右側車道有一輛車停在那裡。凱迪在左側車道行駛，原意要停了，但是還未到路口，信號已轉為綠色，凱迪的駕駛人自然照直前進。」

「他見到福特車了嗎？」

賀龍猶豫一下，「他在看綠燈，」他說：「因為是綠燈，他就照直前進。而那福特，駕車的太不小心，衝過紅燈，來到十字路正中，自凱迪的左側，高速直撞過來。」

「凱迪車被衝在哪裡？」

「這一點說來有些尷尬。」賀龍說：「凱迪看到是綠燈，自然速度也不太低。駕車的突然看到福特衝過來，立即煞車。福特車非但沒減速反而加速想在凱迪之前衝闖過去。反正……事實上是這凱迪撞上了那福特天王星。在撞車的剎那，凱迪是幾乎全停了。」

「喔，是這樣的。」我說。

「你當然知道，一切過失都是福特天王星的。」

「喔，當然。」我說。

「你說這件事你有一個證人？」賀龍問。

我說：「你說這件事你有獎金？」

「是的，三百元獎金。」

「只要我提供一個證人？」

賀龍把手指在桌上的地圖上敲呀敲的，「你要提供一位證人，」他說：「證人要宣稱福特闖紅燈，全案該由它負責。」

「我懂了。」我說，保持不說話。

「你真知道有這樣一個證人？」他問。

「是的。」

「我們——非常希望能和他面對面談話。」他說：「當然，為你的利益起見，我們同意由你帶他來見我們。」

「如此的話，我又什麼時候可以拿到這三百獎金呢？」

對這一點，賀龍可一點也不馬虎。「要等你把證人帶來見我們。」他說：「要等我們和他說過，認為他的證詞可靠。要等他宣誓做下證詞紀錄之後。」

「一切完成後才能拿錢？」

「沒錯，三百元。」

「假如他的證詞和你所說的有出入？」

「嘖！嘖！」賀龍說：「不是我所說的，年輕人。我要他作證，說明一切發生的事實——真正的事實。我把一切告訴了你。你也知道事實了。我們已經有了向我們投保的駕駛的證詞。我們當然不會傻到付三百元給一位昏頭昏腦不說事實真相的證人。萬一他站在另一邊，不等於自己打自己嘴巴嗎？」

「那倒是事實，」我說：「不過萬一我把證人帶來，半途又有什麼不順，你又什麼都不付。」

「賴先生，我言而有信。」

「我覺得我應該先有一點預付的錢。」

「在要找的證人沒有找到之前，我們不能付錢。」

「假如我就是那個證人，我仍舊可以拿到那獎金嗎？」

他蹙起眉頭，「這倒是一個叫我一時無法回答的問題，」他說：「我們一點概念也沒有會發展成你說的情況的。事實上，你一直在問問題，顯示你對這件事根本知道很少。」

「我在測試你們的態度。」我說。

「你到底自己是不是證人？」賀龍突然說。

「假如我是的話，我是不是可以拿三百元獎金？」我反問道。

他在迴旋椅上扭轉了一下，他說：「這件事，我得和我上司研討一下，然後才能決定。賴先生，今天下午三點你可以打個電話給我。我給你一個電話號碼，這號碼不是這裡的電話號碼，也不是以後你可以找到我的號碼。」

他在一張紙上寫上了一個七個字的號碼，把紙對摺起來，自己站起來，和我握手，把對摺的紙交在我手上，「那麼三點鐘等你電話。」他說。

「三點鐘。」我說，走出辦公室去。

我才進入外間的辦公室，就聽到外間管事的小姐在說：「葛小姐，輪到你了，十二號A，右手最後一間。」

我乘電梯來到大廈的門廳，在雜誌攤買了一包香菸，走去街上人行道，看一家運動器材行店面的陳設，慢慢地殺時間。這是午餐時間，在辦公室林立的這一區街上，人來人往十分熱鬧，我仍儘量不使人起疑，在附近小心徘徊。

二十分鐘之後，她自大樓出來。

我跟蹤她走過一條半馬路。

她轉入屈拉文庭大飯店的大廳，直接走向面對街窗的一排沙發，坐下來。她的行動太有果斷性，所以也沒有人敢問她是不是本店的住客。

我站在窗外另一側，小心不被她看見，但自己可以觀察她。我幾乎可以確定一定會有飯店的人走過去問她，她住的是哪一間房，因為這一區明明標示是房客才能享用的暫憩區。

又過了十五分鐘，我不願再傻瓜似地站在那裡，也不願再空等下去。雖然我看得出她已經全被自己的困難佔有了全部的注意力，但是我也不願自己太大意而洩了底。

我大模大樣自大飯店正門進入，在大廳中向左右一顧，把目光停在坐著的她身上，裝出想不起她是什麼人，「喔，真是巧，哈囉。」我說。

她猶豫地笑笑，「哈囉。」她說。

我又四面在大廳中環顧了一下，顯然在再看一遍沒有找到的人，又再把眼光停在她身上。

她一直在看我，又好奇又惶恐。

我走幾步到她面前。我說：「約好一個朋友吃中飯，我來遲了，大概他決定不等了。我……我知道我見過你，但是我真笨……我不記得……」我突然停下。

她像銀鈴似的發出笑聲，「你現在想起來了，是嗎？」

「是的，我想起來了。」我說：「你也在蒙拿鐸大廈那辦公室裡。我曾坐在那裡看過你幾分鐘……嗨！你千萬別以為我是有心的。我來這裡真是約好一個朋友，而你的臉又很熟悉……喔，我真是抱歉。」

「沒有什麼要道歉的。」她說。

「你住在這裡嗎？」我問。

「我……我也在等一個朋友。」

我看向我手錶，說道：「我的約會是泡湯了，我只遲了三十分鐘，他竟不等一下……吃過飯了嗎？」

我盡可能不在意地問出來，希望不會使她起疑。

「沒有。」她說：「我也是在等一個女朋友，我看她是不來了。」

「這裡餐廳有相當好的商業午餐。」我說：「我和朋友時常在這裡吃飯。菜色還可以。既然我們兩個約的人都不來了，有榮幸和你一起吃頓飯嗎？」

我表露熱誠，希望她能同意。

她假裝猶豫一下，目的是不要顯得太快同意。「我……想我的朋友不會來了……我應該在十二點半到這裡的，那件事使我多耽擱了一點時間……你知道那邊等了不少時候……我才出來就到這裡來了。」

「那我知道，」我說：「你的朋友一定以為約錯時間走了，我們去吃飯吧。」

我自顧慢慢轉向餐廳方向，她跟著過來。

我看看錶，「該有點餓了吧？」我問。

「實際上，」她說：「我餓慘了。早餐吃太少了。」

「我改變主意了。」我說：「萬一我的朋友回來，見到我和你在吃飯，他會誤會我是故意失約的。萬一你的朋友回來，那會很窘。我們還是多走點路，一條街下面有個牛排屋，我們去那裡吃去。」

「牛排屋？」她問。

「洛杉磯最好的牛排。」我說，一面把大姆指豎得高高的。「非常厚，菲力或紐約客，烤洋芋，洋蔥圈。生菜沙拉，還有……」

「別說了，」她說：「我的身材！」

「最妙的是不會影響你的身材。」我說：「這類食物低脂肪。」

「當然，」她說：「尤其是洋芋。」

「放很多奶油溶化在裡面，」我說：「上面再撒上些胡椒。另外還可以來些大蒜麵包，烤得焦焦的。」

「下午我有一件公事約會要去赴。」

「要是有好的葡萄酒，大蒜味就不會明顯。」

她大笑，「你一定是世界上最好的推銷員，」她說：「你叫什麼名字？」

「賴，」我說：「賴唐諾。」

「我姓葛。」她說：「葛達芬。」

「太太還是小姐？」

「現在開始是小姐。事實上是太太。我先生出走了。」她自諷地說：「我那親愛的丈夫對另外一個女人發生了興趣，把我抛棄，連一點點……」她突然停下，過了一下連下去說：「關懷也沒留下來。」

她忽而開朗起來：「一天到晚向別人解釋自己的婚姻情況，總不是件愉快的事。所以我乾脆用我未婚時的名字算了。」

「反而安心了？」

「反而安心了。」

在牛排屋前她退後半步。她說：「唐諾，這是個很貴的地方呀。」

「不便宜是真的。」我承認道：「這裡供應的食物，當然也不是小攤上可以比較的。」

「我是說……有問題嗎？你付得起嗎？……這種地方即使是各付各的，我也付不起的喔。」

我哈哈大笑以再給她保證。我說：「什麼人說過各付各的呢？餐單的右邊一行你別去看它。你只看餐單的左邊，告訴他們你要什麼，就可以了。」

「唐諾，你倒挺樂觀的……這樣一頓飯吃下來，不是要吃到三點鐘，你沒有工作的嗎？」

「我替我自己工作，」我說：「我這個雇主又對自己這種雇員十分寵愛，既然我的雇員有機會請一位你這樣漂亮的女士吃一頓飯，我是雇主又怎麼能不放一天假呢？反正這也是鼓勵士氣的一種方法。」

她笑著說：「我在四點鐘可有一個約會。四點之前我是有空的。趁這時間吃飯，對我來說再好也沒有了。」

「那好極了。」我說。

領檯的侍者一本正經把我們帶到一個卡座。我點了雞尾酒和開胃菜，兩塊特厚菲力牛排，五分熟；湯，烤整個的大洋芋，洋花菜，洋蔥圈，法國大蒜麵包，我給自己要了黑啤酒，替她要了一小瓶紅酒。

雞尾酒上得極快，但是調得恰到好處。達芬一點也不隱諱她對開胃菜的衷心滿意。我們喝蔬菜湯，又用了點青菜沙拉；這時牛排上來了。烤得恰到好處，熱乎乎的，稍稍冒氣。牛排刀重重的，但是十分銳利，每切入牛排一刀，淡紅色汁液自牛排中透出，在瓷盤上形成小小一個血池。

我拿起一片大蒜麵包，在盤子裡吸著濃厚的牛排汁來吃。達芬跟進不誤。

我喝我的黑啤酒，達芬喝我替她叫的紅酒——那是一家法國特殊釀房的出品，我相信她會喜歡的。

漸漸的，她的雙頰恢復了粉紅色。

她把盤子中每一屑食物都刮進了嘴裡，用了兩塊大蒜麵包，把紅酒也喝了，滿意地向椅子背上一靠。

「嘿。」她說：「吃得真過癮。」

我說：「你去蒙拿鐸大廈和我是同一目的嗎？」

「你是在說那車禍？」

「是的。」

她猶豫了一下，說道：「是的。」

「那個車禍奇怪得很，」我說：「當時你站在哪裡？」

「我在吉東街。」她說。

「你的確知道福特車過街口時燈號已經變過了？」

「喔，沒有錯。當時我急急想過街，但是尚未到街口，交通號誌改成黃色了。我走到街口，它已經變紅了。」

「福特車衝出去的時候燈號還可能是黃色的，不過到街中時燈號絕對是紅色的。他衝得太快，以為可以衝過去的。」

我點點頭，「三百元拿到手了嗎？」我問。

「還沒有，我簽了一張口述證詞。賀先生會先拿給他的上司看一下。今天下午四點鐘我要回到那裡去。假如他們要我這個證人，我可以拿到三百元。」

「那廣告上可不是這樣說的。」我說：「那廣告說任何人可以提供消息使他們找到一個證人，可以拿三百元獎金。」

「這……」她說：「我對……咬文嚼字本來是外行。我來也不是提供證人，我自己是證人。」

侍者走過來，等看我們的會話什麼時候能暫時中斷。

我問達芬：「來點鳳梨低脂的冰淇淋如何？」

她微笑道：「已經吃開了，也不在乎多吃一點了。」

我對侍者點點頭，「來兩份，再送甜點來。」

我們一面喝咖啡，一面在吃冰淇淋。

「時間還有一點空間，」我告訴她：「有什麼計劃嗎？」

「沒有，」她說：「四點鐘之前，反正我是空的。」

我問：「達芬，你住在哪裡？」

她要開口，自己又停住了。看向我，她說：「坦白告訴你，我才到這個城市。我把行李寄在車站投幣暫置櫃裡，離這裡也很近，我有地方住之後再去拿回來。」

「我可以幫你忙，我有車……」

「那太好了，最好能幫我找個住的地方。我不要太貴的大旅社……唐諾，我在找工作。」

我向前傾一點，對準她眼神看，我說：「你一毛錢也沒有。是嗎？」

她把眼光移開，有點驚慌，然後轉回向我，對著我也直視地說：「我一毛錢也沒有。」

我說：「四月十四日，當車禍發生的時候，你離開這裡很遠很遠。你根本沒能見到這意外，你只是在報上見到這一則廣告。」

「你已經沒有辦法了。你來到本市是來找工作的。你看報為的是找工作。你見到廣告，認為冒充一下證人可以拿到這三百元……」

「唐諾，不要再說了，」達芬說：「別用這種眼光看我。你把我嚇到了！」

「能把你自己的過去告訴我一些嗎？」

「也沒什麼好說的。」她說：「我是個挺不錯的秘書——事實上我也一直做秘書工作。我會速記；我可以聽錄音打字，做得很快，很正確。我有很好的工作。然後白馬王子出現了——反正我愛上他了。我嫁給了他。我把自己所有現鈔給了他，把所有積蓄都變成了兩人的共同帳戶。

「有點奇怪的事出現，我起了疑心，我就做了點調查。那傢伙是結過婚的，有太太有女兒，還沒有離婚。另外一個家是在這裡，洛杉磯。反正……我做了一件錯事，我氣昏了頭，我告訴他，我知道他的事了。第二天早上他就不見了。把我們共同戶頭的錢全部提走了。」

「這種人，你可以告他重婚，告他詐欺的。」我說。

「這有什麼用？」她說：「他能說會道，死的可以說成活的。一進法庭，大家都會相信他的。他會說他很後悔，現在他只想回到自己家中和他妻女共處。法官會給他緩刑——即使不能緩刑或交保——把他關在牢裡，對我還是沒有幫助。」

「和他一起生活有多久？」

「六個月。當然這期間他常不在家。他說他是製造廠的代表，常要出差的。」

「為什麼不回到老本位去工作？」

她猛力地搖頭，「那是中西部的一個小城。所有辦公室的小姐都很羨慕我有這樣一件婚事。我告訴你，那男人外表是個帥哥，他可以左右任何人，我嫁給他時神氣極了！我告訴所有人，我是灰姑娘交了好運，我丟不起這個人！

「辦公室女人都很小心眼的。我絕不能讓她們知道灰姑娘最後的命運結束，是如此不堪的。」

「他的太太知道有你這樣一個人嗎？」我問。

「我看不見得。我是在暗中的，我知道她，還有她一個七歲的女兒。」

「他叫什麼名字？」我問。

她搖搖頭。

「能告訴我最好。你已經說了那麼多了，他的名字不會是我認識的人。」

「唐諾，你為什麼想知道他的名字呢？」

「萬一巧了，碰到這位仁兄，我可以自己躲得他遠遠的，不上他當。」

她又搖搖頭。

「你還在愛他？」我刺激她一下。

「我恨他！」

「那你為什麼來洛杉磯？又為什麼替他保密？」

「我又沒給他保密！」

「隨你說。」我說，接下去就不再開口。

對我的不再開口，她不是很習慣。

「我把所有剩下的錢算一算，只能乘巴士來這裡。」過了一下她說：「我下車時又髒又餓。我現在還急需洗個澡，換套衣服……」

我打斷她話道：「你來這裡，為的是求他再回到你的身邊？」

「求他個屁！」她口不擇言地說：「這渾球贏了十二萬元連三場獨贏馬票，他的名字登在美國的報紙上。還有他的照片。

「所以我一定要到這裡來，從這裡給辦公室的女朋友們寄一張明信片回去。明信片還一定得有洛杉磯郵戳，報上說他住這裡，我有什麼辦法？

「我不能讓以前辦公室裡的小姐認為我有錢了，就不理她們了，更不能讓她們懷疑我出了什麼問題了。

「不知在什麼站口，有人在我行李袋裡的小包裡偷掉了我的錢，又把小包放回進去。我到這裡，才知道我一毛錢也沒有了。

「我一毛錢也沒有了，唐諾。我一毛錢也沒有了。」

「去找他，」我說：「一定叫他分一半給你。」

「我寧可乾死在沙漠，也不會向他要一杯水喝。老實說，我要是找不到工作，我寧可出賣我自己，唐諾，我一毛錢也沒有了。」

我把帳給付了。

「走吧，」我說。

「去什麼地方？」她問。

「我有個公寓。」我告訴她說：「離這裡相當近。不是什麼豪華型的，不過我會帶你過去，把你留下，連鑰匙也給你。你自己可以開熱水好好洗個澡，你洗澡時，我給你去車站把你的行李帶回來，你要是快一點的話，來得及四點鐘之前換上你乾淨衣服。你四點鐘的約會，是要電話聯絡還是一定得自己去？」

「要自己去。」

「好吧，」我說：「你可以……」

生人。」

「不行，不可以，唐諾。」她說：「我不能這樣。你……怎麼說也還是陌生人。」

「你才說你可以出賣自己給不認識的人，」我說：「我公寓的門從裡面可以反鎖。你可以把門閂給閂上。我給你十分鐘泡在浴缸裡，十分鐘換衣服。我唯一的要求是用了浴缸後，浴缸要洗乾淨。」

這句話發生了效應。是這句話加上泡在浴缸裡這回事太吸引她了。

她微笑道：「唐諾，你為人太好了。我覺得太打擾你了。」

「不算打擾，也沒什麼了不起，」我告訴她：「你要一個地方洗澡換衣服。你下午有個約會，約會結束你有三百元在口袋裡，如此而已。」

她嘆口氣道：「我覺得浴缸比什麼都重要。」

我把我的二手貨車自停車位開出來，把她帶到我為掩護身分用的公寓。

「好了，」我說：「這裡現在只有你一個人了，我去替你拿行李。那門上有門閂，你可以從裡面……」

「唐諾，我怎麼可以把你閂在自己公寓的外面？」

「沒有關係，儘管閂。」我告訴她：「我回來之前，這裡反正只有你一個人。我回來會在門上敲門，你可以開門拿行李。你穿好衣服出來，我開車送你去赴約。」

我看她在猶豫。我接下去說：「到時你的工作就完了，你有你的三百元在口袋裡，留著慢慢用，可以用到找到工作。那件車禍案子有了你的口述作供，大概也會私下了結，你根本不需要出庭作人證。」

「喔，我還真希望能如此，」她說：「我自己都在懷疑，上法庭能不能過得了關。……我做這件事，也單純是看到廣告後一時的衝動。我走投無路了。不如此，又……」

「當然。」我知道她很難接下去說什麼，所以給她解窘地說：「這情況誰都會如此做。老天，萬一當時你被迫到一定只好隨便找個陌生男人。要知道，這個城市最出名的是有很多討便宜的便衣警察，事後他們還把你帶去警局，給你留個案底，要是給你本來做事辦公室的女同事知道了，那……」

她驚愕得說不出話來，「我沒想到這一點。」她說。

「我是為你在設想，」我說：「把行李櫃鑰匙給我，我必須快快去辦了。」

她把鑰匙給我。

「唐諾，你自己如何？」她問：「你見到那車禍了嗎？」

我說：「我在想，也許真的可以挖出一個見到那車禍的證人出來——我本來約好吃飯的男人就可能是一個。不過我現在不需要他了，因為你馬上可以解決他的問題了。不要忘了，要把浴缸弄乾淨喔！」

她大笑道：「唐諾，我做家事，可棒得很的！」

「我走了，」我說：「我回來時把門打開一點點就可以了，我把你行李塞進來好了。」

「謝了，唐諾，謝謝你每一件事！」她沒等我把門鎖上，就已經開始在脫衣服了。

我在門外等一下，看她有沒有把門閂在裡面門上。她沒有。

公路車站並不遠，但是我叫了部計程車前往，以免停車有困難。我走進去，拿出鑰匙，找到對號的櫃子，拿出一只很好的箱子和一個裝過夜東西的皮包。我乘原來的計程車快快回家。

我在門上敲門。

「門沒有關。」達芬叫道。

我把門打開。

她身上只包了一塊毛巾，臉上有汗水，精神好得很。「喔！唐諾，你真是好人。」

我笑著說：「要快一點了。」把行李放進去，自己退出門來。

我關門的時候看到她在笑。

「什麼時候進來？」她叫著問我。

「十分鐘。」我說。

我走向走道末端的電話。

我打賀龍留給我的電話。

是他在應電話。

「賀先生，」我說：「我是賴唐諾。我應該在三點鐘打電話給你的，我有點耽誤了，你說你要給我回音的。」

「是的，賴先生。」

「回音有了嗎？」

「有了，賴先生。」

「怎樣？」

「抱歉。」他說：「我認為你是一個絕對可靠的年輕人。但是我上面的人比較保守。他們認為你根本沒有辦法做本案證人，你的目的不過是那三百元。說你為了錢願意做任何人證。

「賴，你別為這件事生氣。先聽我說完。我自己本身也只是個中人——跑腿，傳話而已。我一切聽我上司的。他們認為付錢給願意做偽證的人來做偽證，本身就犯了偽證罪。對這件事我要向你道歉，但是，有什麼說什麼，我也沒辦法。」

「我們在講些什麼話，你怎麼能向上司講得清楚呢？」我問：「我能不能見……」

「當然，我用的是錄音方法呀。」他打斷我的話道：「我有個你看不到的錄音機。記不記得桌上有個兩支筆的筆座？座子裡有隱藏的錄音機在。我上面的人聽過了你的錄音帶。我說過，這位律師特別注重咬文嚼字，他認為——反正他聽了你的錄音兩次，他說假如你自己就是證人的話，應該一開始就說明這證人就是你自己。但是你的發問，你的說話方法，反正——世界上的事情就是如此，賴先生，他們已經有了這個決定了。我們謝謝你給我們聯絡，也謝謝你為這件事費了心力。再見了。」

他不等我回答，立即在那一頭把電話給掛了。

我下樓，坐在車中十分鐘，又上樓，在公寓門外敲門。

葛達芬一下把門打開。她鮮艷奪目，充滿自信。

「喔，唐諾，」她說：「我現在一切都正常了。我以前不知道，泡一個澡會有那麼大的舒服。我們現在趕去，四點鐘趕得到嗎？我希望不要遲到，正好四點到，最最合適。」

「那就一定要快走了。」我說。

「我行李怎麼辦，唐諾？」

「沒時間管行李了，留在這裡好了，回來時再拿。」

「公寓房門你另外還有鑰匙吧？」她問：「那是彈簧鎖。」

「沒有錯。」我說。

她大笑道：「你說的門閂我一次也沒有用。唐諾，我現在才看到門上的確是有一個門閂的。我……我大概對你是有信心的。」

我把她帶下來，坐進汽車，開車到蒙拿鐸大廈，又向前開過一點。

「有件事十分重要，」我警告她說：「我們兩個人在一起，如果給他們這些人看到，會怪怪的。你和賀先生說話的時候，也千萬要小心，不可以漏出來我們互相認識。否則會有很不良的後果。

「自蒙拿鐸向前半條街有個停車場。我會一直開車下去在停車場停車等你。你辦完事，走過來，我會坐在車裡等。你只要站在入口處，我可以看到你的。」

「唐諾，你真好！」她說，把手握住我的手，用力擠了一下，跳出車子，跑向大廈入口。

我把車再開向前，來到停車站，把車停進去。我告訴管理員，我太太在附近買東西，我在等她。然後我坐在車裡，把車頭對準大街的方向。

四時二十三分，她出現在前面。我按兩下喇叭，發動引擎，把車開向她讓她進來。

「怎麼樣？」我問。

「可以！」她說：「只是他們……並沒有給我那三百元。」

「為什麼？他們不是已經有你的口述證詞了？」

「有了。」

「那他們為什麼不給你錢？」

「我今晚上十點鐘可以拿到那筆錢。」

「在哪裡拿？」

「在好萊塢方向的什麼地方。他們會在蒙拿鐸大廈接我。好像是一個什麼律師，要仔細看一下我的口述證詞，又要和這件事的實況仔細校對一下。那個律師對文字的正確性非常在意，他要確實知道，和他打交道的必須是真正的目擊證人。」

「萬一那個律師認為證人有問題呢？」

「我也不知道，」她說：「可能我拿不到那三百元吧！」

「萬一你拿不到呢？」

她說：「萬一我拿不到……」我看到她一下子胸部扁下，有如車胎漏了氣。她沒吭氣很久，她說：「唐諾，你為什麼這樣說？你想他們為什麼要費那麼多時間，又叫我簽了證詞，而不給我那三百元呢？」

「我不知道，」我老實告訴她：「我不過說說而已。」

「唐諾，那三百元現在變成我全部希望寄託的東西了。我身邊只有三角五分錢，由於這三百元有點希望，其他報上的廣告，我都沒有去應徵……即使我一個一個去試試，說不定跑穿鞋子，還是落空得多。

「三角五分連公車費都不夠，打電話都沒有幾個好打——這就是為什麼我一看到這份找證人的廣告，立即動了心。

「我現在知道我有多傻，把所有剩下的錢放在身上，跑到一個陌生的城市來。我恨那偷我鈔票的小偷！

「你見到我的時候，我正在想是不是要把這幾毛錢用來買點東西吃，我又餓又失望。

「唐諾，這些渾蛋傢伙一定要把這三百元給我，否則，我……」

「小心了，別亂開口。」我阻止她道。

她突然就停下。

過了一下，她說：「唐諾，大都市對一個沒有錢，沒有熟人的女孩子來說，是一個可怕的大魔鬼。」

「什麼叫沒有熟人？」我問。

「就是沒有熟人呀，我一個人也不……」

「你有熟人。」我糾正她說：「我不就是你認識的熟人嗎？」

她轉過來看我，她說：「好吧，唐諾，我有你這個熟人。我想我也該給你說個明白。我對你很感激，我差點不知怎麼辦，是你拖了我一把，我謝謝你幫我忙，我不是個太隨便的人，我還是對你感激。」

「不要太在意。」我告訴她：「事實上，過了今晚十點鐘，你可以拿到那三百元。」

「唐諾，對那件車禍你到底知道什麼？」

「我以為我可以牽線使他們找到一個證人。」我說：「但是那個躲在幕後的律師，一定是一個很難纏的傢伙。他認為我對這件案子重視的不是正義，而是那三百元。他回絕我了。你千萬不要和那批傢伙談到你認識我，或知道這些內情。」

「不會的。」她保證。過了一下，她說：「你現在是不是回去——回公寓去？」

「有禁忌嗎？」

「沒有，沒有。我跟你回去把東西整理好。唐諾，今天晚上十點鐘的約會——你能送我過去嗎？」

「當然。」

「目前呢？」

「你有特別地方想去嗎？」

「沒有。」

「看來最好你能守在公寓裡。」我說：「我還有一些工作要做。你可以倒在床上蒙頭睡上一覺。」

「唐諾，你說有事不回公寓，是不是因為我留在公寓裡的關係？」

「我真有事要做。」我告訴她。

「唐諾，你是個君子人，你明明是把公寓讓給我，你實際上不必如此。」

「別太計較，」我說：「一切會否極泰來的。」

我們開車回公寓。我把鑰匙給她一套。

「你自己進去，當它是你的家。」我告訴她：「記住門上有閂可以上閂。最好人在裡面能閂上比較安全。」

「唐諾，我不要把你閂在自己公寓門外。」

「沒什麼。」

「其實……也可以……我是說……假如……」

「不行。」我告訴她：「九點三十分我會到這裡來接你。我們來得及去赴十點鐘的約。辦完事還可以來點速食消夜。」

「那時候我請得起你了。」她說：「我該有三百元了。」

「就算是個約會好了。」我說。

我送她到公寓大門口，拍拍她肩膀鼓勵她一下，自己開車回辦公室。

我進門的時候，其他人正在下班。卜愛茜還坐在辦公桌後，柯白莎也還在辦公室。

卜愛茜說：「唐諾，白莎急著要見你，她每分鐘問一次你回來沒有。」

「好。」我說：「我去看看白莎在想什麼？」

我走進白莎的私人辦公室。我才把門打開，白莎道：「唐諾，你死到哪裡去了？」

「為那保險公司案子辦事呀！」

「嘿！那個鄧邦尼今天下午打了七、八個電話來，他急著想知道你有沒有和對方建立上關係。他說一定得十分十分的小心從事——他有原因相信他們會疑心你是個偵探。」

「好吧，」我說：「還有什麼事嗎？」

「什麼意思『還有什麼事』？你見過他們了，是嗎？」

「有。」

「他們起疑心了嗎？」

「我也說不上來，我被他們召見了，我告訴他們我很願為他們作證，但是他們不要我。」

「鄧邦尼就怕一點，唐諾。你一定是什麼地方露了馬腳了。他怕你辦事鹵莽。他要一張報告。」

「過一下我會和他聯絡的。」我說。

「姓鄧的不太高興。」白莎道：「他認為我們辦事不力。他留了一個電話號碼，說是見到你叫你馬上聯絡。」

「好吧！你就打電話給他吧。」我說。

白莎道：「他也許會對我們不太客氣。他說他很失望——反正這狗娘養的是在生氣。」

「先用電話聯絡一下再說。」我說：「試那個電話看看。」

白莎要了一個外線，撥了一個電話號，她說：「鄧先生？」

她用甜蜜的語調說：「這是柯白莎呀！鄧先生。唐諾才自外面進來，我告訴他，你要和他談話。我現在請他聽電話。」

我拿過話機。我說：「哈囉，我是賴唐諾。」

「唐諾，你搞什麼鬼？」鄧邦尼道：「你把事情全搞砸了。」

「為什麼說我把事情全搞砸了？」我問。

「他們一定在什麼地方把你看穿了。」

「看穿什麼東西？」

「看穿你是假貨，看穿你是私家偵探。」

「我不相信。」我說。

「我知道他們是這樣。」他說。

「你的消息來源是什麼？」我問。

他說：「據我知道，他們已經另外選定人選了。」

「什麼叫另有人選？」

「他們決定選用另外一個證人了。」

「廣告裡並沒有說只能選用一個證人呀。」

「你試試看，他們會不會出兩個證人的錢。」鄧邦尼說。

「不過，出現第二個證人，我有什麼辦法。」我告訴他：「看到廣告的人何止千萬，隨便哪個看到廣告的一高興……」

「看到廣告個屁！」鄧邦尼大聲地說：「這就是我為什麼那麼快要求發動。我就怕他們一下子和別人決定不再要人了。」

「我去應徵時，他們對我的印象不錯呀！」我說。

「你拿到那三百元了嗎？」他問。

「沒有。」

「你什麼時候和他們聯絡的？」

「大概三點鐘。看來有什麼賊律師介入了這件案子的決定，在幕後操縱全案的法律觀點……」

「狗屎，」邦尼打斷我話道：「我告訴你，他們把你掃地出門了。你這角色演得不夠好。」

「好吧，」我告訴他：「隨你怎麼說。我不和你爭。現在你要我做什麼？」

「我要把給你們的錢退回來。」

「全部？」

「全部。」

「已經有不少錢花掉了。」我說：「我們是不保證結果的。我們保證努力服務，如此而已。」

「你給我聽到。」邦尼說：「你用這一點作推辭，你就死定了。我代表的是大事業。我給你們一個工作，你們搞砸了。」

「我還沒有搞砸呀！」我告訴他。

「你已經搞砸了。你和他們再也聯絡不上了。即使你再試，但越試他們越疑心，更不可能接近他們了。」

「你完全知道了嗎？」我問。

「我完全知道。」

「好吧，」我說：「我只問你一個問題：『你怎麼會知道的？』」

「千萬別以為我會完完全全相信你，我當然尚有別的佈線。」

「正是如此。」我說：「那些別的佈線才是把這件事搞砸的主要原因。你們外行人就都一個樣——想做內行的事情。只是在保險公司佔了這樣一個職位，就自以為懂了怎樣做偵探工作。

「我不知道還有多少人知道我們的行動。事實上，是你把這件事搞砸了。是你在我要走的路上設了很多路障。是你使我未開始出動就註定要失敗。不過從現在開始，我要用自己的戰略來辦這件案子，你給我躲遠遠的。」

「你認為還有希望？」

「殺豬有很多方法，你愛殺頭，我偏愛殺屁股。」我告訴他：「我當然還有希望。從一個方向打開不了，可以從另外一個方向試一試。不過，我不要你湊在裡面亂混。知道嗎？」

「你怎麼能給我命令？」

「為什麼不能？」我說：「我現在就在給你命令！你現在開始在裡面搗亂，倒楣的是你自己。你已經把事情搞砸了，我替你爭回面子來。」

那一頭平靜了幾秒鐘；他說：「我看不出你會有什麼把握。」

我問：「什麼地方可以隨時聯絡到你？」

「這個電話就可以。」

「也許會是今天相當晚的時候。」

「這電話反正一定可以聯絡到我。」

「ＯＫ。」我說：「能給我你的地址嗎？」

「不行。電話是沒有登記的。來電話我一定接。不過我要你聽清楚了⋯⋯」

「我什麼都清楚。」我告訴他：「我和你訂了合約辦一件案子。我的立場是把它辦好。我不要你湊進來一起混。你也聽清楚了。」

「那倒可以。」他說：「但是你不可以用這種語調和我說話。」

「那就別湊進來搗亂。」我告訴他：「兩人互有共識，各辦各的。」

我把電話掛上。

白莎用焦急的眼神，兩眼啪啪搧動地看我。「你怎麼可以對客戶這樣說話呢？」她問。

「去他的不可以！」我說：「非但可以，而且已經可以了。那傢伙是個什麼人都信不過的人。他請我們替他做一件工作，要不是他另外請別的偵探社來看我們做得如何了，就是他利用他自己的幹員在查我們做得如何了。這樣的結果，等於是火上加油。我再要把它扭過來，可更得花精神了。」

「他是一個有影響力的人呀。」白莎道：「你不可以和客戶硬頂嘴，你——」

「亂講，」我說：「我知道他那種人。他是自以為是，吹牛拍馬的生意人——他把你放在被動位置，榨乾你為止。我不希望被他牽著走。」

「現在準備怎麼辦？」白莎問。

「繼續辦案，有結果為止。」我說。

「你能嗎？」

「每次都能的，不是嗎？」

「你是一個聰明鬼，」白莎恨恨地承認：「不過我還是希望你剛才沒那樣對他說話。」

我湊向柯白莎的辦公桌，把鄧邦尼給她的電話號碼抄進自己的記事本，我說：「這是他對外唯一的聯絡，我想我已經知道為什麼消息會漏出去。萬一他打電話來，你在電話上不要亂嚼舌。」

「他有沒有說要把錢拿回去？」白莎問。

「他想往那個方向走。」

白莎對他的看法大打折扣，「這樣的話，」她說：「你罵罵這狗娘養的，也是應該的。」

「你別忘了你說過這句話。」我告訴她，自己走出門去。

我向愛茜道晚安，告訴她萬一她好多天不能見到我，可以不必擔心，但是要三緘其口，對任何來訪的人要保持神秘兮兮。

我開車來到市警局，找上交通意外科，開始找老朋友翻尋資料，不多久，我找到了我要的。四月十五日，在吉東街和克倫街口，凱迪拉克車的駕者是封山繆，福特天王星的駕者是貝喬治。警方記錄錯在封山繆，也就是凱迪的駕者，他在紅燈時該停不停，衝撞了有路權的福特車。

我又到一家有交情的報社去翻看剪報，查出那連三場獨贏馬票得主的名字。

那位贏家叫花大松。

自照片看來，他是個大嘴巴的帥哥。

我把他的地址抄了下來。

第三章 熱烈的吻別

貝喬治的名字在電話簿裡有登記。我打電話給他。

「對不起，冒昧得很。」我說：「我有一件私事想見你一下，不知道我現在開車來，你能不能見我一下？」

「請問你什麼人？」

「賴唐諾。」

「好吧，」他說：「想來你就來。我看到你再決定要不要和你談。」

「很公道。」我說。

他住在海濱，我花了點時間找到他的住家。那是個很小的公寓。貝先生、貝太太都是三十幾歲年齡，顯然他們沒有子女。

「好吧，」他說：「找我有什麼事？」

「四月十五日對你是不是有特別意義？」我問。

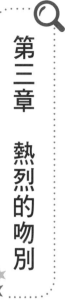

他冷笑一下，「對你有什麼特別意義呢？」他問。

「有呀，意義是我在調查這件案子。」

「好吧！」他說：「那天我發生一件車禍。」

「怎麼發生的呢？」

「我沿著吉東街開車，在克倫街交叉口時我因為有燈號，慢了下來。由於正在這時候綠燈亮了，所以我重新加油往前走。

「一個叫封山繆的人開了一輛凱迪拉克自克倫街過來。我看到他想搶紅燈，看到他不可能會成功。我猛踩煞車，煞得不夠快，衝上去撞了他。」

「打官司怎麼說？」

「沒有什麼官司好打。」

「你的損失怎麼辦？」

「付了。」

「你是說姓封的賠你錢了？」

「實際上是保險公司付了。」貝喬治說：「他們的調查員很公正。他來現場，我把事實說明。他看到我車子的損傷，問我人有沒有怎麼樣。他帶我去醫院體檢，把我的車送去車廠，叫車廠修理，交代全部換新，又把車送回來問我是否滿意。」

「你很滿意？」

「開起來像新車。」

「車子傷得兇嗎？」

「我不知道。初看撞得很爛，不過保險公司什麼都賠了。」

「知道是什麼保險公司嗎？」

「當然。」他說：「大都會保險公司。」

「謝謝。」我說：「我不過是在查問不同的保險公司作業的狀況。我要看他們對理賠是否有信用。你確定對保險公司尚稱滿意？」

「當然，滿意得很。」

我謝了貝先生，開車回公寓。

葛達芬穿著美麗，神彩飛揚。

「唐諾，」她說：「今晚上我一拿到錢就搬出你的公寓去。我對你為我做的一切非常感激。我替你把這裡清潔了一下。也把廚房和架子上東西整理一下。看來你住到這裡來並不久呀。」

「是不久。」我告訴她：「不太久。」

「你買了很多日用品，根本連包裝都沒有打開。」

「沒錯，我希望有不少吃的東西，我需要的時候不必臨時出去買。但是我又時常在外面吃飯。」

她看我一下，她說：「唐諾，碰到你是我的運氣。事實上，你是我見到男人中最紳士的。」

「你從來沒有把我這個地址，告訴過任何一個人吧？」我問。

「老天，沒有。自從來這裡，我一直告訴別人，你見到我的那家旅社算是地址。我一拿到錢，立即要去那裡開一個房間。」

「也沒有人知道怎麼和你聯絡？」

「沒有。只有我和他們聯絡。」

「他們叫你今晚上要幹什麼？」

「他們叫我要在九點五十分鐘正，到蒙拿鐸大廈的大門口。他們會派人接我去那律師的住宅。那律師會給我三百元。據說地方是在好萊塢的什麼地方。」

「達芬。」我說：「幫我一個忙。」

「什麼？」

「不要去了。」

「不要去？」

「是的，不要去。」

「但是唐諾，我已經完完全全破產了。你是知道的。我已經開始做這件事，我也給了他們口頭供詞。正如你所說，他們用了我的口頭供詞，也許已經在調解這件車禍了。為什麼，唐諾？為什麼不要去，我需要這筆錢呀！」

「用這種方法賺錢，不是好辦法。」我說。

「乞丐還有選擇嗎？」

「多少還是有權的。何況你不是乞丐。」

「什麼意思？」

「你有家。」我說。

「在哪？」

「這裡。」

「喔，唐諾，不行。我……怎麼啦，唐諾，你不會是……再不然你真的……？」

「什麼？」

「想搬來一起住？」

「完全不是這個意思。我是說你可以把這裡當家，我自己另有住的地方。」

她向前一步直視我的雙眼，她生氣地說：「唐諾，你要我住在這裡，你出去和別的野女人住在一起。」

「我沒有別的野女人。」我說：「我說我另外有地方可以住。我生活在這個城市裡，我有朋友。你可以住在這裡住到有辦法自立。我可以給你零用錢，廚房裡有足夠吃的東西，足夠吃一段時間。」

「我注意到了。」她若有所思地說道：「新買的許多罐頭食品，連口袋都沒有打開放在地上……唐諾，告訴我，那個女孩子，你真的很愛她嗎？」

我大笑道：「你們女孩子都一樣的，想到風就是雨。現在我要你把今晚的約會忘了，從今以後，不再和這批人發生關係，我會留心一點，看這些人在想什麼。」

「但是，唐諾。他們已經有了我的證詞。他們利用我和保險公司妥協，正如你一開始說過的。」

我說：「那個在蒙拿鐸大廈的辦公室，只是一面牆上的一個小孔。任何人可以走進去，租一個小辦公室，租一天，租一個星期，租一個月，甚而只租一小時。你可以十二點鐘用到一點鐘，那辦公室就如你自己的辦公室一樣。

「你的工作完了，另外一個人進去，那辦公室就變成了那個人的。當然，有人以週計算，租幾週的。反正這是個唬人的辦公室，在前面的女郎管制所有的一切業務。她要收租金，她管接待，必要時她還管文書秘書工作。」

達芬想了一下，她說：「要知道，他們不過是暫時為調查一件車禍要個辦公室，你總不期待他們弄個永久性辦公室吧？」

「為什麼不可以。假如他們是有地位，有聲譽的保險公司，還有一位如此講究尊重律師倫理道德的律師，當然應該要有一個像樣……」

「不行，唐諾。」她打斷我話說：「我已經走了那麼遠了。我要走完全程。我是一個希望自己靠自己維生的女人。對於你已經幫我的忙，我感激；但我不要依靠你，我也不喜歡佔用你的公寓，把你推在外面。

「再說，」她加上一句：「我毫無理由依賴你一輩子。」

「好吧！」我告訴她：「你有你的生活方式。我對這件事不過多了一層疑心。我覺得這件事非常非常的不正常。」

「唐諾。」她說：「你自己在這件事中到底佔了什麼位置，始終也沒有告訴我呀。」

「什麼叫我佔了什麼位置？」

「你到那裡去要領那三百元。他們不理你，你知道為什麼嗎？」

「不知道。」

「唐諾，告訴我——你見到那車禍嗎？」

我向她笑笑，我說：「我見到那廣告。」

「唐諾，你那麼急需要鈔票嗎？」

「我是削尖了頭到東到西鑽的人。」我告訴她：「我總可以東弄點錢西弄點錢花花。我看到這樣一張廣告，對我來說是一種挑戰行動。」

「唐諾，我有一種奇怪的感覺，你除了對我說過的之外，還有很多沒有對我說的。」

「但是你不肯照我的話去做。」

「不行，我非去不可。」

「好吧，」我說：「我現在就帶你到離蒙拿鐸一、兩個街角的地方去。你自己走一點路過去；今天晚上你還是住這裡。回來的時候你自己進來，鑰匙留你那裡。」

「唐諾，那時你會在哪裡呢？」

「我告訴過你。我另外有地方可住。」

「唐諾，你可以……這樣說……我是說……唐諾，我簡單一句話，我不能把你鎖在門外，所以今晚上我不住這裡。這裡我給你整理好了，你搬進來，一切都會很舒服。我會拿到那三百元，我又決定省一點用，我會在蒙拿鐸附近找家小旅社，訂一個房間，我希望那裡價格便宜，而且是正正經經的旅社。」

「我隨你。」我說。

她有感地說：「看來我在今夜之後就不會再見到你了。我們像是陽關道，獨木橋，各走各的。反正大城市一下把我們都吞噬了，兩條直線不知什麼時候再有交叉。」

「不過能遇見和認識你，總是我的榮幸。」我告訴她。

她說：「我不想在一輛停在大街的汽車裡，和你說再見。」

「那你想在何時何地跟我說再見呢？」

「現在？這裡。」

「你不是要我開車送你去……」

「當然，我不是指這件事而言的……我是在說和你說再見。」

說完，她把雙臂抱住我頸子，用一半力量把身子吊住我，把臉湊過來，她說：「唐諾，你是好人……你是……現在這世界上已經找不到了的好人！我要謝謝你。」

她把雙唇印向我的，給我一個感激之吻，但是因為雙方的願望層次轉高，而且停留在那較高的層次，超出了預期的時間。

當我們分開的時候，她緊緊的盯著我的眼看道：「唐諾，你對我還是十分陌生，你……」

「你說陌生是指什麼？」我問。

「我不知道，你從來不主動爭取，從不占人便宜，你不會……反正——你這小子不會泡馬子！」

「每個男人都應該泡馬子嗎？」

「當然應該的！男人應該主動的，女人應該站在選擇前來泡馬子的地位上。女人可以拒絕，也可以接受。」

「所以你對我陌生，有如我是另外一種人或動物？」

她大笑道：「我怕你是那一種……男人……不喜歡女人的男人。」

「現在呢，你認為……？」

「老天，唐諾，我差點被你悶死，你也使我活絡起來！走吧，不走不行了。

我們還有正經事要做。我剛才不過是向你說再見，乘有機會的時候正式向你說再見……我現在在這裡的一段工作告一段落了——唐諾，你拿那只箱子，我拿那個皮包和大衣，我們可以把這些東西留在旅館裡。」

「你不肯就此罷休。」

「不行，既然已走那麼遠了，怎麼能半途而廢。」

「既然你已經決定了，我們走吧。」我告訴她。

我拿了那只箱子，她拿了其他東西下樓來到車前，我把東西放在後座，開車來到旅館，給那管行李的小廝告訴他我們要把行李留在這裡兩個小時；我又把車開到旅館後面讓葛達芬下車。

她又和我道了一次再見，完全不管我們的車子正好停在消防栓之前，完全不管路旁的行人都在凝視，也不管車子的引擎仍在轉動。是一次更熱烈的再見，最後她因為缺乏空氣而和我分開，她深吸一口氣，看著我。

她說：「我總覺得你不對勁。」

我問：「什麼地方不對勁？」

「你退縮在後，你怕自己發動任何事情。你反倒要我來主動。」

「自哪一點知道我退縮在後？」

「你把你我之間的事看成……看成……是一種做生意協定。我也曾經一度想你是他們一窩，保險公司的人——是整個事件的一個安排。但是——我又想想，認為不會。我只知道不知為什麼理由你退縮在後，不使自己牽進什麼事裡面去。」

「這一點使你困擾？」

「當然使我困擾。女孩子不喜歡遇事退縮的男人。而你除了退縮外，在你腦袋底裡還有很多不讓人知道的想法。也可能你有什麼不能告訴我，你的……習慣……不能算習慣，反正我有一度在想你有同性戀。」

「你現在不會再這樣想了嗎？」

她大笑道：「我已經好久沒有嘗到那麼熱烈的吻別了……老天，我說好要九點五十分，分秒不差到達門口的。這裡過去還要走一條半馬路呢！再見了，唐諾。」

她又匆匆地吻了我一下，一下把車門打開，跳到馬路上，快步的跑向大廈去。

我讓她跑過街口，然後我把車子開動，移到能夠看到蒙拿鐸大廈入口大門的位置。

賀龍站在門口在等她。看到她半跑過來，賀龍不耐地看向他自己的手錶。我看到她走向他，靠近過去，很快地說著話。

賀龍用手掌托住她的手肘，帶領她步向停車場。

我把車發動，停在一具消防栓旁，等著他們出來。

我沒有等候太久，出來的車由賀龍在開車，是輛林肯，她坐在他身旁座位上。

我把車跟過去，先看清車子的牌號，立即又把車慢下來遠遠地跟著，以免他知道有人在跟蹤。

我知道對方是極小心的人，我也知道這件事被發現的話，整個事件就真的砸鍋了。但是，這也是對整個事件加以瞭解唯一的辦法。

我自覺這件跟蹤工作辦得十分得體。我有時把車燈變小靠路旁行駛，有時離他近，有時離他遠。

就在我有一次離他遠了一點的時候，我把他跟丟了。我趕緊加油向前，卻還是找他不到。

我在附近轉圈子，我一條一條橫街去找，我用盡一切我知道的方法，就是再也找不到那輛大林肯。我低估賀龍了，他一定知道自己被追蹤了，是他在逗著我玩，是他看準了時機把我甩掉了的。

我必須要好好用心想一下，但是腦筋不太夠用。

那輛車不可能是由大道一直向前了。他一定在我不注意時向左或向右拐彎了——多半是向右。當然，他也可能一下迴轉向後去了；不過，最可能是彎到側街去了。假如，賀龍真的已經知道有人在跟蹤他，一旦他把我甩掉，他會連續做幾個動作，我再要找他反正已不可能了。萬一，他並不知道有人在跟蹤他，那麼他一定在什麼附近地方把車子停下來了。

假如車子一直沒有停，而在開向目的地，我反正也沒有希望再找到他了。現在唯一還能找到他的希望，只有一個——那車子停下來，停在什麼地方了。所以我沿著一條一條橫街，再開車看一次。二十分鐘過去了，突然我聽到警笛的聲音，我把車停在路側，把車頭燈熄了。

一輛警車飛快地向我車旁經過，走得很快，警笛聲撕破寂靜的夜空。

我恨自己為什麼讓她跟了那批壞蛋走。我恨自己太小心，致使我跟蹤的車子會自手中溜掉。我也恨自己會使自己的偵探社接手這樣一件不上路的案子。

我要看警車去哪裡，我自後向前追趕，開得很快。

向前才走了三條街，前面警車突然緊急煞車，轉入一個車道。

這下子我面臨考驗，唯一的方法當然是繼續向前前進。

當我經過警車轉入的車道時，我放慢車看了一下車道裡房子的路牌號碼。我看大概是一七七一號；但是時間只是一眨之間，不能完全確定。我也瞥見那警車已停妥在房子前面，兩位警員已下車，一位在向前門走近，另一位顯然是想繞到房子的後門去。

我的車子已經衝過車道口。

已經進車道那警車中的兩位警官一定是專心於快快趕到現場，他們並沒有注意到我的存在。

我鬆了一口氣，又把車子高度加油前進。

突然，警笛聲又再度響起，兩條街前另一輛警車轉進路來，向我的方向對面開過來，開得很快，紅燈在閃，笛聲嗚嗚亂鳴。

我又把車慢行移向道旁。

我們在住宅區裡。這條路平時車輛不少。警車的燈號、警笛，為的是警告其他在路上的來車。我把車移向路旁後把車停下，事實上有規定在這種情況下面對來車的車子必須靠邊暫停以使警車可以通過。但是今夜車子不多，我變成了一個目標了。

我可以見到一位坐在後車座的警官，自車窗在看我。然後，突然地前行的警車緊急煞車。

我假裝沒注意到這一切，在警車一通過我車側，我就把車開離街側，開始正常向前行走。這些做作沒收到什麼效果。警車來了一個緊急迴轉，警笛又響起。閃爍的紅燈照得我車內都成紅色。

我又再次把車移向街側。

警車開到我車旁。

「臨檢一下，對不起。」一位警官說：「看一下行車執照和駕照。」

「我有犯什麼規嗎？」我問。

「只是臨檢一下而已。」那警官說。

這時警車的後車門打開，出來是宓善樓警官。他向我看一眼。「嘿。這不正是我們的大偵探嗎？」他說。

「哈囉，警官。」我說。

「小不點親自出動！」善樓說。

那向我要駕照的警官問善樓道：「你認識他？」

「喔，當然。」善樓道：「他是個私家偵探，他辦過的謀殺案比我們兇殺組小警官可多得多。小不點，你在這裡搞什麼鬼？」

「我不在搞鬼，我在工作。」

「多巧，在這裡做什麼工作呢？」

「我來這裡想見個人。」

「那個人什麼名字？住哪裡？」

「我不知道。他叫我沿漢密街大概一七〇〇號那個方塊到一〇〇〇號之間慢慢走，他會來找我的。」

「什麼名字？」

「我不知道，那是電話約定的。」

「喔，有人叫你這個時候到漢密街來，沿了街走，他會出面找你的？他不給你名字，你就跳進汽車，來了？」

「不完全如此，不過大致也差不多。」

「我不相信！」

「我沒叫你相信呀。」

「老實告訴你，」宓警官道：「在漢密街一七七一號才發生一件謀殺案。也就在你後面兩條街的距離，有人開槍斃了一個頂尖出名的律師。我們應無線電的招呼趕來，竟見到你這小子在這附近搞鬼。正巧，不是嗎？」

「你在說我是兇手嗎？」

「不是。」宓警官說：「你不笨。不過我不排除兇手是你客戶的可能性，反正你和這件案子一定有什麼關聯。」

「我和這件案子沒有什麼關聯。」我告訴他。

「你現在和這件案子有關聯了。」他告訴我：「你給我上車，跟了我們去那一七七一號；我們本來也是去那個地方。你一起去，等我把那邊情況瞭解後，我有話要問你。也許給你點時間，你會想起一個比較可以使我相信的說法。」

善樓回到他自己的警車；我們各把車子迴轉，我跟了他的車，又來到那幢第一輛警車轉進車道去的大房子來。

我看到房子前除了第一輛警車外已經另有一輛加入，所以宓警官的車子變成第三輛到達的車子了。

附近的房子都把燈亮起了，大房子前已慢慢聚起湊熱鬧的人們——有些膽小的鄰居，也把頭自自家的窗口伸出來想看個究竟，看不清楚的，看到外面人多了，也就乾脆跟了出來。

善樓說：「賴，你等在這裡，千萬別想開溜。你也不要乘機問三問四。你就給我老實地等在這裡。」

「我是不是被捕了？請說明一下。」

「這樣說好了，」善樓道：「你只要再走錯一步路，你就真的被捕了。」

我譏諷地問：「原因是我正好開車經過這附近？」

「不單是你開車經過兇殺案附近，」宓警官說：「而且因為你是我平生所見最會把自己搞進兇殺案去的私家偵探。你膽大，你有天份，你不依常規出牌。最渾蛋的是你現在已經是全市出名膽大，有天份，不依常規出牌的私家偵探。所以比較厲害的疑難雜症，人家不找別人要找你，而你會接手。

「老實告訴你，總有一天你會被吊銷執照。總有一天你不會每次手氣都那麼好。」

「你說這裡面發生了謀殺案？」我問。

「我還沒見到屍體。費律師——費岱爾，大大有名的律師，你聽到過嗎？」

我搖搖頭。

「他是了不起的一個律師，不過他不大出庭，他是屬於躲在幕後的人物，你可以稱他為政治律師。現在我把他背景告訴你了。再給你一次機會，你知不知道有這樣一號人物？」

「完全沒聽說過。」

善樓說：「當然，你認識他的話，你一定會告訴我的。」

「當然，絕對。」我告訴他。

善樓恨牙牙的看我一下，自顧走進房子裡去。我就坐在車裡等。

警官，警察進進出出。我可以聽到停著的警車中無線電來往的通話。過了一下宓善樓出來。他走向我的車子。「現在你想起什麼要告訴我的了嗎？」他問。

我什麼也不說。

「這樣，賴。由我來問你幾個問題。這是官式的，正式的問題。要知道，我是在辦一件謀殺案。凡是向辦謀殺案的警察說謊，就是做偽證。做偽證有什麼結果，你應當明白。」

「我也先告訴你。」我說：「就算你在調查一件謀殺案，法律並沒有給你權力可以問一大堆無關的問題，更不能希望一個私家偵探違反他雇主的利益，或是出賣他和雇主之間的隱私。好了，你現在可以問我有關謀殺案的問題，只要我知道的，我絕不騙你。

「再說，假如你問我的問題，會使我失信於客戶，或是與這件謀殺案無關的，我可能會答非所問的。」

「我要問你的問題，你不可以答非所問。」宓善樓說：「我先試一個問題給你。你在這附近逛多久了？」

「我只是沿街而下，我和警車到達時間差不多，我為了讓警車，就靠邊開。那時我認為看到的第一輛到達的警車，現在看來有一輛已經先它而來了。」

「這一個問題，你回答得很對。」善樓道：「駕車的看到你在他後面。現在問你，你是單獨一個人在車裡嗎？」

「我是單獨一個人在車裡。」

「你來這裡目的是什麼？」

「我來和一個人碰頭。」

「你說那個人用電話和你聯絡，要你到這裡來見面？」

我說：「我告訴過你的故事有點縮編，也經過修改的。事實上，我在替一位先生辦理一件機密任務。他用電話局沒有登記的號碼和我聯絡，他也給了我訂金。」

「什麼形式的工作？」

「和一件汽車車禍有關，至少我目前所知是如此的。」

「費岱爾和這件案子有關嗎？」

我搖搖頭：「我完全不知道。不過我相信毫無關係。」

「憑什麼？」

「因為，這一件車禍案子，早就已經結案了，而且……」

「結案了？」

「是的，庭外和解，結案了。」

「那為什麼還要調查？」

「因為我的雇主要我調查。」

「為什麼他要叫你調查一件已經結案的案子？」

我說：「這就是全案中最最叫我傷腦筋的一環。不過我相信我的雇主是對一連串相似的案子發生興趣，要我調查的只不過是多件當中的一件而已。這件案子與保險有關。我想是有一群人，想出了一套特別的方法，想吃保險公司。」

「我要你雇主的名字。」善樓說。

「我不方便給你他的名字，因為他和這件事毫無關係。」

「但是這有地緣關係——你在這一地區逛來逛去。」

我說：「我沒在這裡逛來逛去。」

「那麼你是在這裡幹什麼？」

「我老實說，我是在跟蹤一輛車子，我相信我使那駕駛起了疑心。我們來到大路，我相信我們會沿大路開很久。我故意把距離拉大，因為只有我一個人在跟蹤，但我把他跟丟了。」

「在哪裡跟丟的？」

「大道向後五條街口。」

「怎樣跟丟的？」

「我和他距離太遠了，遠到怎麼跟丟都不知道。兩三輛車對我而來，車頭燈照得我耀眼。車子過去，我突然見不到我要跟的人了。我想他一定是轉彎了，所以我就轉進住宅區碰碰運氣。」

「什麼樣子的車子？」

我把雙眼看向他雙眼：「一輛四門轎車。」

「渾蛋，你明知我問你什麼樣子的車子，不是這意思。什麼牌子？你既然在跟這輛車子，你一定先看他車牌。」

我說：「假如能證明，這和兇殺案有關，我會告訴你的。但是那輛車沒有停在漢密街；他沒有在這附近隨便那條街停下來。我現在想來，他根本沒拐彎，他一直向前走了。我想那駕駛起疑心了，所以把車加油一直走，把我拋掉了。」

宓警官說：「這一次我就姑且讓你過關，那是因為我暫時還沒有捉住你什麼特別不對勁的地方。不過，對你這種人，我早已領教過，每次你亂搞八搞，都是客戶第一，這也沒什麼錯。不過混進謀殺案去的時候，警方不喜歡你這種做法。「你是有權保護客戶，但是這種案子警方有權知道每一點詳情。

「現在你給我滾！」

於是我就滾。

我不能確定警方有沒有派人跟蹤我，所以我為安全著想，就開車直接回我本來的公寓。連新租來的公寓的附近也不敢走近。宓警官也許派人跟蹤我，我的新公寓尚不到曝光的時候。

第四章　四萬元現鈔

第二天一早八點鐘，我打電話到屈拉文庭大飯店。

「我要接葛達芬的房間。」我說。

「請等一下。」接線生說。等了一下，她說道：「我們這裡沒有姓葛的住客，對不起。」

「請問有沒有這樣一個姓名預定要住進來？」我趕快問。

「查過了，沒有。」

「請你接一下行李間管行李的好嗎？我要知道一下她有沒有行李寄在那裡，準備等一下住進來的。」

「請等一下。」

經過駁線一位男性職員道：「哈囉。」

我問：「請問你是不是經管行李的？」

「沒錯。」

「一位葛達芬有行李留在店裡，她有住店或是拿走行李嗎？」

「沒有，先生。行李仍留在老地方。」

「好吧，我想她來晚了一點，謝了。」

費律師的謀殺案來不及上第一版晨報，但是廣播電台沒有漏掉任何一點消息。

費律師，住在好萊塢比佛利山最豪華住宅區，在一次激烈口角後，他被人以點三八口徑轉輪槍子彈射中心臟，兇手逃離現場。

一位鄰居聽到吵架聲，也聽到槍聲，他立即通知了警方。警方以無線電通知巡邏車，巡邏車到達現場時，事實上只在出事後的幾分鐘。屍體是在二樓書房被發現的。兇手已經逃走。

費律師是位有錢的鰥夫，自稱已半退休，但是很多顧客仍把他列為第一想聘請的法律顧問。

出事時房子裡沒有傭人。

警方發現後門沒有鎖，而且沒有關上，是半閉的。門上有彈簧鎖。在門外的人要拉門才能鎖上。

這一區的房子與房子之間相隔很遠，隔開的地方除了小道外，每家都有修剪整齊的草地。鄰居都是各家管各家的事，不太往來串門子的。吵架聲和槍聲之外，警方在附近問不出什麼線索。

有一位鄰居，他認為見到一輛車，車中至少有一個男人，曾經在出事前停在費家門口，車子並沒有熄火。這位鄰居先生當時正在溜狗，就是因為車子沒有熄火，他才注意了一下。即使如此，他也不過看了車子一眼而已，他沒記住車子是什麼牌子，什麼年份，甚至什麼顏色。他只知道一位中年或少年的男人坐在車子前座，衣著十分整齊。

警方認為費律師是在二樓書房與人談生意，坐在書桌後椅子上時被人開槍致死的。

子彈來自近距離。由於一點也沒有掙扎的跡象，相信兇手是律師的熟人。可能是事先有約，律師親自接待進入書房的。

聽到爭吵的鄰居告訴警方，他聽到費律師在說：「少給我唬人，那警……」

接下來的就是槍聲。

槍聲後緊接著的是一個女人的尖叫聲。

報案的鄰居本來無法確定那一聲響聲，到底是槍聲或用力碰上門的聲音，不過由於那一聲女人尖叫聲，他決定立即報警。

我回偵探社，假裝無事地走進柯白莎的辦公室。

「有什麼要緊事嗎？」我問。

「什麼也沒有，你和鄧邦尼聯絡上了嗎？」

我搖搖頭。

白莎生氣地說：「他一直說要你儘早給他回電。」

白莎打開抽屜，拿出一張有邦尼電話的名片，拿起電話叫接線小姐接這個電話。

過了一下電話接進來。

白莎快速定一下心，臉上硬擠出一點笑容，拿起電話，另一隻手還舉起來輕輕拍著自己頭髮。她用自認為最親切甜蜜的聲音道：「哈囉。」

她的臉色突然轉變，「豈有此理，為什麼不在？」她說：「你號碼打對了沒有？沒錯，是這個號碼。

「也許他出去吃早飯了。過半小時再打電話找他一次。」

我說：「我們試過和他聯絡了。他也不該苛求什麼了。」

「當然，」白莎道：「不過我們不知道電話裝在哪裡的。看來該是他住的地方。過半小時試一下，你會在這裡嗎？」

「我會進進出出的。」我告訴她。

「有關這件事，你調查得如何了？」

「不過如此。」

「查到什麼沒有？」

我說：「目前尚不到做報告的時候，不過廣告的目的，絕對不是真要為車禍找一個證人。」

「這種事?!」白莎問。

我點點頭。

「別傻了，唐諾！他們一定急著要找一個證人，否則為什麼出三百元說要找個證人？」

「這個證人要宣誓作證福特車硬闖紅燈，撞上凱迪拉克。」

「當然，誰會付錢去找一個對自己不利的證人呢？」

「實際上，」我說：「這件案子和他們所說正好相反。是那凱迪闖紅燈，撞上了福特天王星。」

白莎的小眼猛眨，顯然她是努力在消化我所提消息的意思。「怪不得他們要付三百元。」她吐口氣道。

「再說，」我指出：「報上廣告還沒有登出來之前，這件案子已經庭外和解了。」

白莎猛一下向前，坐下的椅子嘰咯嘰咯地在響。「案子和解了?!」

「和解了。」我說：「和解在廣告出現之前。」

「那麼，還有什麼意思要登這樣一個廣告呢？」

「有人要找一個替死鬼。」

「替死鬼？」

「可以這樣說。」我說：「他們要找一個願意為了三百元做偽供的人。」

「假如案子已經結束了，找一個偽供的證人有什麼用呢？」白莎問。

「不必有用。」

「不懂。」

「他們要的人是肯為三百元做偽證；然後他們請個有公證力的律師，叫他宣誓後簽一張證詞，證詞中完全一派胡言。然後他們用這一張證詞束縛他，控制他，做他們要他做的事。」

「什麼事？」

「我不知道呀。」我說。

「他奶奶的！」白莎說，聲音不大，「他」字拉得很重。「原來是這種關係。」

「我不完全清楚喔，」我說：「我目前不敢向我們客戶報告，主要是我還不完全清楚。只是目前我所收集到的資料，看起來這件事是如此的。」

「他們有沒有建議你做一次偽證，唐諾？」

「沒有直接這樣說。對他們而言，我太精了一點。他們要找的人是反應不夠快，而且走投無路了的人。」

「找到了這樣一個人又怎麼樣？」

我把雙手向外一攤，「你自己推算推算吧。」我告訴她。

白莎的小眼發出熱誠的光芒，「沒有錯，唐諾。」她說：「那就是鄧邦尼早就知道，要我們找到證據的目的了。他知道，有一個集團專門養著一批人，這批人肯隨時出來做偽證，對保險公司不利。」

「在我們沒有確定前，還是不要告訴鄧邦尼。」我說。

「為什麼？」

「我們不要讓他認為這件工作很容易。」

白莎研究了一下我的解釋，「嗯，沒有錯，我懂你的意思了。」

「假如鄧邦尼找我們，你向我身上一推好了。」說完我就走回我自己的辦公室。

卜愛茜給我一個熱情的笑容，「唐諾，那件案子辦得怎麼樣了？」

「沒什麼，我倒認為這件案子需要你幫個忙。」

她抬起眉毛。

「我能完全相信你嗎？」我說。

「完完全全，不論什麼事。」

「你有沒有一條顏色特別鮮艷的圍巾在這裡？」

「我……有呀。紅色配橘黃的如何？」

「好極了，」我說：「帶在手上，你先去附近雜貨店買一副誇張的太陽眼鏡，多塗一些大紅口紅，我們倆要出差。」

「我們不告訴別人，兩個人出去，白莎她……」

「白莎反正是會不高興的。」我說：「不過除你以外，我也不能信託別的什麼人。我們出去不會太久的。」

「ＯＫ。」愛茜說。

「準備好了叫我一聲。」我告訴她。

我看看放在桌上的來信，沒什麼十分重要的，看到一半，白莎打電話進來。

「我總算接通了鄧邦尼最後留下的電話了。知道是什麼所在嗎？」

「一個小公館？」我問。

「一個律師辦公室——他們對鄧邦尼這名詞不太熟悉，問我要不要留下為什麼找他的留言，並且說明自己的姓名地址。」

「你怎麼說？」我問。

白莎道：「我當然必須小心從事，唐諾。我說我找他是為私人事件，我把電話給掛了。」

「沒留下訊息、姓名或電話號碼？」

「沒有，什麼也沒有。」

「好孩子，」我說：「我想下午他會主動和我們聯絡的。」

我沒有辦法證明鄧先生和費律師，或是賀先生和費律師，是有聯絡的。我當然希望葛達芬和費律師的事扯不上關係。不過我有點自身難保的樣子。

卜愛茜戴上了墨鏡回來。那條鮮艷的大圍巾包在頭上，口紅塗得像在喝血，十分刺眼。

我把她放在公司車前座，自己開車來到屈拉文庭大飯店。我把車停在飯店門口，按了兩下喇叭。

一位門僮走出來。

「在你們那裡有葛達芬小姐的一些行李。」我說：「我們現在要拿回去。」

他快快的看了愛茜一下；眼光立即被塞到他手中的二元現鈔吸引過來。

「我們趕時間。」我說：「要趕飛機。能快一點嗎？」

「是用葛達芬名字留下來的嗎？」

「是的，」我說，看向卜愛茜，我說：「用你名義存的嗎？」

愛茜點點頭。

門僮快步走進旅社，一兩分鐘後帶了箱子及過夜手提袋來。

「有行李條嗎？」他問。

「只是用葛達芬名義存留一下。」我說：「請你放在後車座好嗎？」

他說：「該有一張條子什麼的吧？」

「算了，」我告訴他：「我們來不及了，這些東西沒錯，其他的，我們不在意了。」

「都齊了？」

「齊了。」我告訴他，跳回駕駛盤後。在他把行李放進後車座後立即把車開走，我不要他有機會看到車牌號碼。

「再要我演什麼角色？」愛茜道。

「把圍巾拿掉，墨鏡去掉，口紅抹掉，回到辦公室，把剛才一幕忘掉。」

我把愛茜在公司門口放下來，「別告訴任何人我什麼時候會回來，其實反正你也不知道。告訴別人我像平時一樣每天會出出進進。叫他們留下要聯絡的事項。我會和你聯絡。」

我開車到長途車站，把行李放進暫時貯物櫃，自己開始研究當今的情勢。

葛達芬現在在市內什麼地方，身上一毛錢也沒有。我又把行李取走了，更斷了她的後路。她極可能已經混進了一樁謀殺案。一個叫賀龍的男人手上還有一張口供，是她做偽證的證據。

這位小姐有一身的麻煩。

我決定先去看看我新設的公寓。我開車前往，把車停妥，走進公寓去。

窗上窗簾都被放了下來，房間裡相當暗。我把燈打開，第一件入目的是沙發上掛下了一條黑忽忽的絲帶。

再走進仔細一看，是一長束頭髮自毛毯一端垂下地來。

一個蓬髮的頭，露著驚恐的眼神自毛毯中鑽出來。眼睛眨了兩下看清楚是我，露出笑容。那是葛達芬。她說：「嗨，唐諾。怎麼才回來呀？」

「嗨，我才要嗨你呢，」我說：「怎麼回事？」

她說：「唐諾，我只好自己來要你暫時收容我了。我一毛錢也沒有，我無家可歸。我把床留給你自己睡。我看到櫃子裡另外有條毛毯，我把它拿到外面來，希望你不介意。」

「出什麼事了？」

「唐諾，」她說：「荒唐得要命，看來我有困難了。」

「我也感覺到你有困難了。」

她說：「昨晚我關上窗，暖氣是開著的。早上三點我給凍醒，他們把暖氣停了。」

我說：「你該到房裡去，要是再冷才用這條備用毛毯。」

「我不想佔掉你的權利。唐諾，萬一你半夜三更回來怎麼辦。其實當時我真希望你能回來。受凍的女孩子三言兩語就會被說服的。你去哪裡過夜了——當然我無權過問，但是我說對了，是嗎？有女人留你過夜。」

「昨夜我沒有睡在這裡，這是事實。」我說：「不過我在意的是——你發生了什麼情況了？」

「我去蒙拿鐸大廈，」她說：「那個男人已經在那裡了。」

「你是說賀龍？」

「是的。」

「他怎麼樣？」

「他有輛大轎車，我認為是林肯。他很不耐煩，叫我進車去。我們很快直馳好萊塢。走得好好的，他突然左拐，又左拐，然後右拐，再拐進一條大道，馳進一家人家去。我看到裡面沒有人，房子是暗的。那是漢密街第一千七百號那一個方塊。」

「街左，還是街右？」

「北方。」

「他進去了嗎？」

「我們只坐在車裡等，沒有進去。」

「車在哪裡？」

「在車道很遠的地方。」

「之後如何？」

「等了十分鐘，我們開車向那房子。」

「費律師的家？」

「應該是的吧。」

「又怎麼樣？」

「他說：『我們要你進去。你可以用這把鑰匙去開大門。你開門之後要很輕聲地進去上樓。在樓梯頭上，靠右手有一張小桌。小桌上有一只手提箱，你拿到手提箱，回出大門，走向路端。隨你左拐或右拐，你一直走，不論什麼事不要停下來。萬一有人跟蹤你，你也假裝不知道，只是一直走，我會在附近注意周圍的情況。當我確定沒有人跟著你的時候，我會開車接近你，叫你進車來。我再開車送你進城。你會收到三百元，你的任務完畢。』」

「就如此？」我問。

「只是大概吧。」她說：「當然，他還說了不少解釋的話。他說：『照目前情況，我不能付你三百元。因為我們上司對你的信用有問題，他們不信你真看到那車禍了，我也沒辦法。』——之後，他又說：『和那些咬文嚼字的律師做事，也真困難。』」

「好吧，」我說：「以後如何？你進屋子去了嗎？」

「我用他給我的鑰匙，開了門。我自己知道非常不妥當，但我還是走向樓梯，聽到樓上兩個人在大吵特吵。我聽到的只是一個男人的聲音，他用不少專用詞彙在說話，顯然是十分生氣。」

「你能說出那男人說些什麼嗎？」

「難，不過其中一兩個單字是可以的。他說對方是叛徒，是騙子，說到違反約定，最後我聽到他說：『我改變主意了，少給我唬人……』然後突然之間一聲槍聲。只不過當時我不知道這是什麼聲音。我當時以為是有人大力把門碰上；不同的是聲音響過，全世界突然沒有聲音了。過了一會，一個人的腳步聲走下去，走的是後面什麼地方的樓梯。」

「你怎麼辦？」

「我立即躲入樓梯腳下一間小的衣帽間，把自己關在裡面。」

「之後呢？」

「我聽到那個人自後門跑出去，我把門輕輕推開，我走上樓梯。當我上到一半可以看到二樓樓梯口的時候，我也看到一間亮著燈的房間，房門是開著的。我看到樓梯口的小桌，桌上有手提箱。手提箱不是一只，而有兩只。我不知道該拿那一只，最後決定取上面的一只。那時我向房間裡看一眼。我看到一雙男人的腳。我向前兩步要看清楚一些。那男人仰面朝天，伸手伸腳躺在地上。」

「那時我才理解我聽到的一下一定是槍聲。我嚇呆了。」

「那你怎麼辦？」

「我想我曾經大叫了一次。我記得我轉身就跑，等我跑出房子，才發現手提箱仍在手裡。」

「之後如何？」我問。

她說：「我走出房子，站在門口，看看那汽車會不會進來接我。我在陰暗處等了一兩分鐘，沒見到賀龍先生，也沒見到他的車。根本沒有他的蹤影。本來是說好他要在附近照顧我的。我全身在抖，躲在陰影裡不知怎麼辦。

「隔壁人家有兩個人走到他們自己門口前面。其中一個人說：『你看剛才我們聽到的會不會是槍聲？』另外一個人說：『極有可能，我想先去報個警不會錯。』」

我問：「你當時的正確位置是站在什麼地方？」

「在前草坪的一棵橘樹下面。至少我認為那是一棵橘樹。那樹很暗，樹葉又密。」

「又發生了什麼事？」

「隔鄰的人進去打電話報警。我記起賀先生說過，假如我沿了大路走，他看清楚沒有人跟蹤我，他就會接我坐進車裡去。所以我跑向人行道，向街道上下都看了一下，很本沒有車頭燈，我就開始步行，我越走越怕。我走了至少一百碼，看到一座房子，看來完全沒有人住在裡面。房子裡沒有燈，全都是暗的。我想他們一定出去玩了。反正我當時急著要離開亮的地方，所以我繞到屋後，坐在後門的門階上，不知所措地等著——至少等了半小時。我聽到警車的警笛聲。我怕得仍舊還在抖。」

「之後怎麼樣？」

「之後我實在怕屋子主人會回來，我強迫自己站起來，我走呀走呀走到一條側街，我摸對方向回到大道，我看到一個公車站，站旁有長木凳。我不知道在這樣晚的時間，公車多久會有一次班車，我反正走過去坐下來。你應當不會忘記，我口袋中一共只有三角五分錢。」

「後來呢？」我問。

「有兩輛車在我面前停下來，他們要我上車帶我回城裡來，不過我看得出他們心術不正，另有所圖。有一位年老一點的紳士停車下來，看來他人不錯。他說：『小姐，你要等公車的話，恐怕要好久之後才會來一班了。我要經好萊塢的方向去洛杉磯。假如你需要我幫忙，我可以帶你回去城裡。』」

「你怎麼辦？」

「我因為太緊張，已經有點冷了。我——接受了他的邀請。」

「出什麼問題嗎？」

「一點也沒有，他是標準好人。」

「是他把你帶來這裡的嗎？」我問。

「沒有。」她說：「我給了他一個地址，是離開這裡兩條街外的。他把我在那個地方放下來，要看著我進我公寓。我笑他說我時常很晚回來，沒關係的。於是我跑上一個公寓的梯階，站了一下，轉一下門把，門是開著的，我走進去。門廳裡沒有人；我等候了一分鐘又走出來。那紳士已經把車開走了。我用走路回到你這裡來。我敲好幾下門，沒有回音。我用鑰匙開門進來。我決定還是找你比較好；不過我不想——你知道的，我不想你——反正我不想睡在你被窩裡等你回來，所以我四處看看找到這條備用毛毯。我也換掉衣服穿上了你的睡衣，把自己裹在毛毯裡。

「唐諾，我看我麻煩大了！我沒有梳子，沒有牙刷，沒有化妝品——我什麼也沒有。我是一個無主的孤兒，我自己完全不知道該怎麼辦了。」

「手提箱現在在哪裡？」我問。

「就在沙發底下。」她說。

她把毛毯向下一掀。動作完全是極自然的，根本不需嬌羞做作，不需研究是否可行，她只是把毛毯一掀，自己自長沙發坐起身來。她穿的是我的睡衣，最上兩粒鈕子未扣住。她彎腰就從沙發底下拉出了那只手提箱。睡衣自臀部緊緊的拖住她行動。

「就這玩意兒，唐諾。」她說，整整睡衣坐在長沙發上。

是一只價格昂貴的手提箱。上面沒有印姓名，不像用過，反像是全新的。

我試著打開手提箱。它是上著鎖的。

她笑著說：「唐諾，昨晚上我就試過了。我也好奇裡面會是什麼東西。」

我說：「我來試試看。」我走去自己的手提箱，手提箱中，我隨時放有條硬鐵絲備用。它有的時候在使用得法的人手中等於是一支百合鑰匙。

一分鐘不到，手提箱就被我打開了。

一箱子的現鈔。

我聽到達芬說：「老天，唐諾！這……這是……是……」她驚奇得說不出話來。

我把錢抓一把在手裡，說道：「我們倆人應該合作把錢數一數，如此將來互有保護。」

她點點頭，把毛毯自膝下抽出鋪在沙發上。我把整箱錢倒在毯子上。箱子中共有四萬元現鈔。

我把錢放回去，把箱子鎖上，又把它塞回沙發下去。

「現在我們怎麼辦？」她問。

「我們現在必須走在警方前面。」我說：「我們要在他們查到我們之前，先知道我們站在什麼地位。」

「唐諾，我聽到的的確是手槍的槍聲，是不是？」

「是槍聲，」我說：「而且，住在那屋子裡的人是個叫費岱爾的名律師——他死了。用不到給你仔細解釋，你目前的處境是大大的不好。」

「唐諾，」她問：「我能不能只從箱子中拿那三百元錢，然後……」

「一毛錢也不能碰！」我說。

「但是，唐諾，我只好……我一毛錢也沒有，我一定得離開這裡，到警察找不到我的地方去。」

「這幾天，你傻事已經做多了，」我說：「在這時候逃亡，會使你一輩子後悔的。在加州，逃亡本身就是有罪證據之一。你已經算逃過一次了。」

「什麼時候？」

「當你從那房子裡跑出來的時候。當時正確的做法是等在現場，把知道的全部告訴警方。」

「他們會相信我嗎？」

「也許不會，」我說：「不過仔細蒐證，總有些證據可以支持你的說詞的。至少我可以證明我知道的一切。」

「你能嗎？」

「當然。」

「怎麼證明法？」

我說：「你離開蒙拿鐸大廈的時候，我用車子一直在跟蹤賀龍的車子。」

「真的？」

「真的。」

「老天！為什麼？」

「我好奇，想知道到底是怎麼回事，也在想必要時可以給你一些幫助。我有一點感覺到，你會有麻煩的。」

「為什麼？唐諾，你是怎麼知道的？」

「你用點腦筋就知道了。」我說：「這個叫賀龍的人要一張簽字的口述供詞，目的不是為了打車禍官司。他要的是一個願意為錢做偽證的人。一旦供詞在他手，他可以控制這個人。至少他隨時可以用偽證罪來嚇唬他。

「我也去應徵了，他不喜歡我的長相；我表現得太滑了一點——也許我也太咬文嚼字了。不過萬一他找不到別人，他也會利用我的。

「你也去應徵，你的一切太適合他們要求了——一個走投無路的，天真的女孩子。……」

「唐諾，我不再天真得一事不懂了，我有很多經歷！」

「當然，」我說：「理論上你做過事，上過當，不過你仍是白紙一張。」

一度，她想和我辯論這一方面的觀點。突然，她放棄了，把毛毯用兩隻手拉起來，拉到頸子以上，兩隻握住毛毯的拳頭放在下巴下面。「好吧！」她說：「由你來給我在職受訓吧。」

「假如我的想法正確，」我說：「你已經將要受到博士後的教育了。今天下午開始，警方就要開始找你了。今天晚上，你會以謀殺罪起訴了。」

她兩眼大睜，「唐諾，」她大聲叫出來。過了一下，她說：「你是在開玩笑吧？你是不是要嚇唬我？」

「我是在說實情。」我告訴她：「我不知道這一切是他設計好，叫你去做替死鬼，還是你倒楣不小心，正巧闖進這件案子去的。你在這時間到那房子裏去，你……」

「但是，唐諾，我不認識這個律師！我一輩子從來沒有見過這個鬼人！」

「那是你的說法。」我說：「你倒站在警方立場看一下。費律師被謀殺了。死前他和一位女人有口角。可能有女人在敲詐他。費律師可能不願付鈔票了。

「那女人拿出手槍殺了他。警方認為那女人拿走了費律師準備好要給她的最後一筆錢，當然這個女人可能有他什麼把柄，至少女的是沒有給回他，因為現場沒這一類東西。

「而警方發現你有一大包錢。

「你告訴警方，有人給你一把鑰匙，叫你到屋裡去。那麼你為什麼要聽他話呢？你說目的是要拿到那些人欠你的三百元。他們為什麼欠你三百元呢？因為你自願做偽證簽了一張假的口供狀給他們。

「你試著在證人席上說說這樣一個故事看。地方檢查官上庭，他會詰問你，會嘲笑你。他會發問說：『喔，原來為了三百元，你什麼都肯幹，包括可以做偽證在內，是嗎？』你告訴他你沒錢，你餓了，你生氣，你想規避這件事。但是，地檢官會專門捉住一個傷口猛挖。最後你只好承認，為了三百元你自願做偽證。

「地檢官對你輕蔑地用鼻孔出氣，轉過身來走開。

「所有陪審團成員對著你看，看很久——想你是一個為三百元什麼都肯幹的女人。為了四萬元，你肯幹什麼呢？」

「唐諾，別說了！」她說。

「世界上的事情並不全像你所想像。」我告訴她：「這不是電視連續劇，你不想看時可以把電視機關掉。也不像電影，你不要看時可以不看。

「真實生活不斷要過日子——世事依因果關係不斷無情地在前進的。今天發生的，明天就會有效果出來。一旦進入事件漩渦，誰也停它不下來。

「現在你該洗個澡，換件衣服。我出去替你取行李。」

「行李在旅社裡，」她說：「我本該住那裡去……你認為他們會找我，唐諾？」

「當然，他們會找你，」我告訴她：「萬一我們沒有準備好之前，你被他們找到，我們兩個都會被他們控告謀殺。」

「我們兩個？」她不信地問。

「我們兩個。」我說：「是我跟著你一路下去。我也在現場附近兜來兜去，接應你回來。」

「但是你沒有接應我回來呀。」

「你倒說給警方聽聽看，看他們信不信。」我說：「他們發現昨天晚上你住在我公寓過夜，他們發現那筆錢在我家客廳裡。」

「唐諾，為什麼要告訴他們關於錢的事呢？」

「他們會知道的。」我說：「千萬別低估警方的能力。他們已經知道我昨天晚上在那一帶跟蹤一輛汽車，其他一切，他們都會知道的。我們唯一的希望是趁尚能自由活動的時候，先找好一些事實真相，當他們找到我們的時候，我們可以儘量提供證據，使他們相信我們是無辜的。我去取你行李了。」

「你去旅社會不會太危險了？」

「旅社我已經去過了，」我告訴她：「你的行李我已經放在一個存放地點了。我去拿來你可以用。

「冰箱裡有一打雞蛋，還有點醃火腿在。咖啡壺在紙盒裡面。記住了，我不喜歡澡盆上有一圈污垢的。」

第五章 蒙拿鐸大廈的辦公室

我帶了行李回來。咖啡和煎火腿肉的香味在我開門入內的時候迎面而來。達芬已經把餐桌準備好。毯子已經疊好放在貯藏室裡，浴室裡有一些水蒸氣味，但是乾淨得發亮，她正在把雞蛋打入平底鍋去煎。

「一面煎，兩面煎，還是炒蛋？」她問。

「你喜歡怎樣吃？」我問。

「我隨便，這裡你是家長。」

「軟軟的炒蛋。」我告訴她。

「那就軟軟的炒蛋。」她說。

幾分鐘後，她給我一盆軟軟的炒蛋，油而不膩的煎火腿，還有香噴噴的一壺咖啡。

她很有興趣地看我吃，「怎麼樣，唐諾？」

「目前為止，一切都好。」

「好的開始，」她說：「希望能順你的意。下一步我該怎麼辦？」

「你留在這裡。」我說：「你自己做中飯吃。任何人問你什麼人，你就說你是賴太太。這裡中飯吃的冰箱裡就夠，罐頭食品更可以隨便用。晚上我會帶新鮮的肉回來。留在這裡不要出去。電視機很好沒有毛病。千萬不要出門，也絕對不要和鄰居去嗑牙。」

「但是，唐諾，假如他們在找我，找到我用賴太太的名義……」

我說：「宓警官不會因為我私下保護證人而大做文章的。但是，把一個嫌疑犯從他眼前偷走藏起來，罪可大了。」

「唐諾。那一皮箱鈔票，你準備怎麼辦？」

「我們就把它留在這裡。」我說。

「安全嗎？」

「當然，不算太安全。這玩意兒那兒都不安全。」

「能不能去一家銀行，我們……」

「又如何？」我問：「讓銀行將來告訴他們，說我們租了一個保險箱，把這玩意兒放在裡面？世界上對這箱黑錢只有一個好地方安全，那就是交給警察。但是目前只要一交給警察，火上立即加油。你好好照顧自己，我很快回來看你。」

我走出公寓，留下來的她有點手足無措，心中在怕。

科學進步對私家偵探在偵查案件上有了不少的幫忙。汽車追蹤器就是一個例子，我們放一個小小甲蟲大小的東西在要追蹤的汽車上，憑了無線電發出的信號，轉變成聲音，追蹤的汽車就可以遠遠的跟隨被追蹤的車子了。我們公司當然當仁不讓，也有這種東西。

還有一種新的東西，叫做「撥號查測儀」，那是小小的收音機一樣的東西，對準準備打電話的人，在一定距離內，他所撥的號碼，可以顯示在查測儀上。

我回自己公寓，把撥號查測儀檢查一下，功能正常。我把它放入一只手提箱，帶在身邊。

我來到蒙拿鐸大廈，直接去一六二四室。

同一個女人坐在辦公桌後，這次有不少人在等候。

「你們登過一個廣告，」我說：「有關找一個證人的……」

「喔，沒錯。不過很抱歉……那個證人已經找到了……嗨，你不是也是一個……是的……你來過……你……」

「沒錯。」我說：「我和賀先生談過話，我要再見他。」

她搖搖頭道：「恐怕沒有可能了。賀先生不可能見你了。」

「能給我傳個信給他嗎？」

「我恐怕見不到賀先生了——至少短時間內是見不到他了。不過我可以試試傳個信給他。」

我說：「當你聯絡上他的時候，告訴他，偽證是犯刑事罪的。」

「我認為不必說，他一定知道的。」

「你再告訴他，」我說：「賄賂，教唆別人做偽證，也犯刑法，要到州立監獄去做牢的。告訴他，四月十五日那件車禍，凱迪拉克車是禍首，是它硬闖紅燈出的車禍。這件案子在他登廣告前已經和解成立了。告訴他，我問他準備怎麼辦？」

她用不信的眼神，睜大眼睛，看著我問：「在登廣告之前已經和解了？」

「不錯。」

「你怎麼知道？」

「我去查了呀！」

「怎麼查法？」

「訪問車禍的兩造呀。」

「荒唐至極！」她說。

我什麼也不說，站在那裡由她自己去分析。

「但是，這和我有什麼關係呢？」她問。

「賀先生是你的客戶。你去問他，他可能會給你一個合理答覆。」我說。

「然後呢？」

「然後你可以把他的解釋告訴我聽。」

「你認為我應該告訴你這件事的原因？」

「當然。我來應徵，我花了時間，時間也是金錢。」

「原來如此，弄來弄去還是為了錢。」

「絕對不是。」我說：「我來這裡不是為錢。我今天來就不是伸手要錢。我要一個合理的解釋，今天我得不到結果，明天我還會來，一直到得到結果為止。這個辦法得不到解釋，我會找別的辦法，我不會休止的。這是原則問題。」

「這件事是有點怪，是嗎？」她說，一面給我一個她是站在我一邊的微笑。

「我會盡力試著和賀先生接觸。不過，他來租辦公室是極短時間的一個租約，我真的也沒有一定的把握可以……」

「可以問他這件事的幕後原因，對嗎？」我說：「我希望幕後不是什麼刑事案件在偷偷進行。」

「刑事？」

「出錢買一個人做為偽證，不就是刑事嗎？」

「我懂了。」

「這種事情，我是想檢舉上去的。但是我也不願檢舉之後，發現這件事一切合法，並不如我想像那樣有問題。」

「沒錯，」她酸酸地說：「像你那樣受人尊敬的年輕男人，萬一檢舉錯別人的話，一定是十分難堪的事，會對你很不利的。」

「好吧，」我說：「你懂得我的立場。我希望公正。我也一定要一個解釋。」

「照我看來，只是因為你應徵了一個廣告，你投資下去的時間太多了一點吧。」

我笑向她道：「沒錯。我投資太多時間了。我還沒有向公平交易法庭投訴呢。」

「原來如此。」她存疑地回答：「賴先生，我有了消息，怎麼和你聯絡呀？」

我說：「看起來我向你聯絡是最合理的，我時常進進出出的不在……」

「不過你一定有一個住址吧？」

「我當然有一個住址，」我說：「但是我出門太多。我找你容易，你找我困難。」

我向她笑笑，走出她辦公室。

辦公室門一在我背後關上，我移動幾步，估計自己站在她辦公桌的正前方，打開我的手提箱，把撥號查測儀打開。

有一小段時間，裡面沒有反應；然後，突然儀器出現字幕，那號碼是六七六——二二一一。

我記下號碼，把查測儀放回手提箱，走向電梯。

我打電話給自己辦公室，找到了卜愛茜。

「愛茜，」我說：「你得為我做件工作。找一輛計程車，立即到蒙拿鐸大廈來。把你的記事本帶來，我在這裡等你。這裡可能要花費你兩個到三個小時。假如在辦公室你正好有可以用來走路的鞋子，就換了鞋子來。我要你替我做一件盯梢的事。」

她說：「唐諾，你知道白莎不喜歡這樣做。內勤是內勤，她不喜歡我出去……」

「這是件緊急情況。」我告訴她，「我一時找不到另外一個人。你儘快來就是了。」

「我就聽你的，馬上到，唐諾。」她答應道。

我掛上電話到大廈門口入口的地方，直到我等到愛茜趕來。

我替她付了計程車費，把她帶進大廈，在大廈的大廳有個小餐廳，和她坐在咖啡桌的座位上。

「這件事要仔細聽，」我告訴她：「可能會不容易辦到。你坐在這裡，眼睛不要離開電梯。在中午吃中飯時間，上下進出電梯的人會很多。但是這裡電梯沒有幾個，你不會照顧不過來的。

「我要你看到的女人大概三十二歲；五呎四吋左右高；一百二十磅上下。這樣的人很多，所以一定得看她衣著，她穿一套深藍色上班套裝，衣領上及袖口翻出紅色黑條的邊。近領口左側還有一朵布花，紅的。

「這個女人出來時，我要你跟蹤她。我要知道她去了哪裡，有沒有和別人談話，你要想辦法知道那個人是誰。這有點困難，但一旦你看到她約好要討論事情的人之後，你可以跟蹤那個人，也許他或她會回去開自己的汽車。你抄下那汽車車號。

「對那個和她談話的人，我要你記好一切特徵。穿什麼，什麼顏色頭髮——一切你可以形容的。

「你會需要一些錢可以花用。這裡有五十五元零票。你可能尚要用計程車追蹤。

「你坐在這裡，叫一杯咖啡，叫一塊蛋糕，你儘量拖時間。萬一有人注意了，你先出去叫好兩輛計程車，叫他們一輛停在門口，一輛停在對面路上等。叫他們用等人表。你可以先隨便坐在兩輛中的隨便哪一輛上等。」

「為什麼要兩輛計程車等，一輛……」

「不行。」我說：「對方自大廈門廳出來。萬一她向另一方向走，你的計程車就回不過頭來。這裡附近至少要三四個街口才能迴轉。那就有可能把人追丟了。所以，兩個方向都得有車才安全。」

「我什麼時候向你回報？」

「我不知道，先看到那女人出去和什麼人見面，再回辦公室去等。下午，我會找時間和你聯絡的。

「還有一件事。萬一那女人進電話亭打電話，你儘量湊到她身後去，假裝等她打電話，你試試能不能自她肩後看到她撥什麼號碼。

「愛茜，我十分需要這些情報，但是也不要過份急著去打草驚蛇，我也知道交給你這種工作，實在太難為你了。萬一給她溜掉了，或是辦得不理想，也不必窩囊，世界上事情不可能十全十美的。

「這個女人必須獨守一個辦公室，十二點以前是出不來的。不過我知道今天午餐時間，她一定會出來的。」

「她每天出來吃飯嗎？」

「不見得。」我說：「相信也許有的人會在中午時間借她辦公室的。今天有點不同，我們靠天吃飯好了。」

「她在哪一個辦公室，唐諾？」

「一六二四。」我說：「那是一個臨時辦公室及秘書租賃服務公司。你盡力而為就可以了。萬一中午她沒有出來，我們得另想他法。也許得在晚上她下班時跟蹤她。那就更困難了。」

「反正我盡力就是了，唐諾。」她說。

「難為你了。」我說。

我離開大廈，在電話亭撥了個電話，六七六二二一一。

一個很好聽的女人聲音道：「羅陸孟三氏事務所。」

我說：「對不起，我打錯電話了。」

第六章　費律師

我故意不回辦公室去。我也不在我常去的地方出現。

我走進一家小的法國餐廳，要了點冰咖啡和冰淇淋。在這裡客人都是老客人，他們不會在飯後希望客人早點離開的。

我買了第一版的晚報，儘量吸收有關費岱爾被謀殺的資料。

費岱爾律師是律師行業中傑出人士之一。他的客戶大都是政界人士。他很少出庭；事實上，他最出名的本領就是能使客戶儘量不必出庭。所以，他的客戶都是肯出大錢，但是不喜歡拋頭露面的。

費律師有一幢宏大的房子，他一個人住。僕人是通勤上班的。他是個鰥夫，實際上還是個隱士派的人物。平時活動也限於幾個昂貴的俱樂部。他有錢，有地位，有派頭，容易被人接受，自己修飾整齊——但是他自己總像是在探求真理似的。

他是個讀書狂。在他自己家中有個蒐集完整的圖書館，裝滿了書。在他臥室中老式的真皮沙發椅，合適的讀書燈，使他夜晚在臥室裡看書時非常舒服。

費律師的朋友描述，他有好的電視和音響，他只看新聞，社評和氣象預報。除此之外，他從不看娛樂節目，他的空閒時間都花在讀書上。

他家二樓有一間房間被佈置為書房，大部份公事都在書房裡辦的。謠言說很多他的客戶都希望晚上來訪他，坐在他樓下圖書館的沙發椅上，向他述說案情，就是不願大白天到他費律師市區的辦公室來。

費律師在死亡之前，已確定證實曾在屋裡和什麼人大聲吵架。至於引起律師不快的到底是男是女，尚不能確定。也可確定費律師是被點三八口徑轉輪槍射擊致死的，但殺人兇手顯已把手槍帶走，以致現場並沒有兇器留下。

初步調查發現，命案發生時費律師似乎正準備外出，因為就在二樓樓梯口的一張小桌上放有手提箱一只，手提箱裡全部是近市郊一塊坡地建設計劃準備投標的底價。在這個建設計劃中，費律師是法律顧問。

這些標單並未最後封口，但信封口上已經寫上「機密」，在沒有到開標時間，本來也不應該示之於人的。

由於藏這些標單的手提箱擺放的位置，警方認為那晚上費律師是準備把這些底標，先帶往這坡地建設委員會之中那一位官員家中，先去私下討論一下的。坡地建設委員會官員都說，像費律師這樣一個體面的人，假如為任何事要約會與他們個人見面，倒是不會令人驚奇。不過，實際上每一個人都強調當晚他們和費律師並沒有約會。

不過，警方認為，那只手提箱放在這樣一個位置，只有兩種可能。一是費律師準備下樓，帶了手提箱出去，和一位或幾位坡地建設委員會官員互換一下意見。另一是費律師準備在下樓時把手提箱帶進圖書館，在那裡他可以和來訪的一位或幾位官員交換一下意見。所以，警方希望坡地建設委員會中每一位官員，都能主動提供一下他們這一晚的行動與時間，尤其是他們不在家的時間到哪裡去了。

委員會中的馬學維委員對警方如此說詞，十分不滿。他說：「這太過份了。似乎是要我們提供不在場證明似的。」他最後的決定是「我絕不會在這一點上，像他們所說的那樣去做」。

警方有消息指稱費律師家中總是存放有大批現金。在稅務及管理遺產官員會同下，房子內的保險櫃被打開，發現裡面計有十五萬元現鈔。費律師存放大數目現鈔的原因，絕不是逃避付稅，因為他據實申報，付稅，收入也都存入銀行，然後大批大批的提出現鈔。

大多數人都知道，費律師經常和一位或數位議院外的遊說團體中人物保持聯絡。當然沒有人提得出證明，確認他們是誰，但是這些遊說團體只認得大批的現鈔，有鈔票他們就給「結果」。有時候，鈔票也用來作「競選捐款」。

費律師也常常不忌諱地告訴自己的朋友，像這種「捐款」，他時常對好幾個政客提供。事實上，本州有不少大政客也時常參考費律師的建議，作發言的依據。

警方已經找到致命的子彈，那是發射自點三八口徑的柯特轉輪手槍。

兇器應該是轉輪槍，因為兇器如果是自動手槍，現場應該留下有子彈的彈殼。現場並沒有發現彈殼。依照聽到費律師在家中與人生氣把聲音提高，又和他人爭吵的鄰居們證詞，他只聽到一聲槍聲。

有一位鄰居聽到其中還夾雜一個女人的尖叫聲。警方也不排除開槍的兇手是女人的可能性。

報紙把費律師塑造成一個中年，受敬重的律師，不但在本市，而且在本州政壇上具影響力。在死亡當時，由於他寧靜的家居生活受到侵害，他發了脾氣，也和人因吵架，而被謀殺。

我把報紙翻來翻去看了好幾遍，怕有什麼消息漏掉。

那位雇用達芬的人為什麼會知道那只手提箱會在那小桌上？也許是費律師告訴過他。也可能因為費律師要在圖書館見人，或上二樓書房研究，所以他把這些資料自辦公室帶回家，放在那小桌上，在要用的時候，方便一點隨手可得。賀龍知道他有這習慣。

情況變成這樣了，達芬怎麼辦？

她是否專門被選來去做這一件偷竊文件的工作的？也或許她拿錯了一只箱子？還是——她拿的箱子正是他們要拿的，沒有錯？

另外，還有一個可能性。

報上說的這筆投標底價，大致約有八十萬之巨。

那麼，那四萬元是先給別人的「保證金」，以便這方一面可以得標。

達芬的假證詞，不但把她自己交給了製造這件陰謀的人，而且一旦事敗，她站在證人席所說的話，都會因為自己曾經願意做偽證受雇於人，而不受別人的信任。

我用完我的餐點，再打鄧先生給我們的第二個電話號碼。接電話的女人告訴我鄧先生現在不在，他與一個客戶在吃中飯有事情討論；假如我可以留下姓名電話，或是任何要轉告他的，她都可以代辦。她說他要四點左右才能回來。

我說：「好吧，我有一件事，請你轉告他。告訴他，我找他是有關報上的一件廣告。告訴他我會再來電話的。」

「請問你尊姓？」她問。

「姓鄧。」我說。

「不是，我是說你尊姓。」

「告訴他我姓真，真假的真。」

「是的，我會告訴他的。」

「你也可以告訴他我姓很多。有的真，有的不真。」我把電話掛掉。

第七章　羅陸孟三氏建築事務所

我走進辦公室。柯白莎午餐尚未回來。我走過接待室，來到自己的私人辦公室，等候卜愛茜。

五分鐘後柯白莎回來了。我等候兩三分鐘，讓她有個準備時候，就自動去她辦公室見她。

「唐諾，」她說：「我希望我們有個什麼法子，可以和那客戶取得聯絡。」

「你是說姓鄧的客戶？」

「是呀，你有辦法可以和他聯絡嗎？」

「我打過兩次電話給他，我也留下信息說我在找他了。」

「昨天他那麼急著要找你。唐諾，我認為這傢伙想叫我們別管這件事，他自己能拿回多少就算多少了。」

「有可能吧。」我說。

「你已經不再處理這件案子了吧？」

「不是的，我還在辦。」

「辦得怎麼樣了？」

「稍有進展。是慢了一點——但也不必為了一些小節打擾你。我找到鄧邦尼後，自己向他報告好了。問題是我沒時間不斷打電話給他。假如這傢伙想停止進行，就由他和我們聯絡，由他來找我們較容易。」

「觀點正確。」白莎說：「我對這種三心兩意的客戶，最討厭了。一下子熱，一下子冷。不過這一位客戶不太一樣，我還認為他是一本正經，真正的生意人。

「你可以看得出，他沒有把全部事實告訴你，唐諾。有一段時間我認為你說得對，是一批保險公司在後面，由他出面，要調查對整個保險事業不利的舉動。」

我伸伸懶腰，打個哈欠。我說：「萬一他打電話來找我，就說我出去了。」

「我會叫愛茜告訴他的。」

「愛茜不在。」

「她為什麼不在？」

「我派她出去跟蹤一個人。」

「唐諾，你怎麼能派她去做外勤呢？她是秘書。你老是這樣，將來總有一天……」

「我知道，我知道。」我說：「這是緊急狀況。」

「我不贊成，唐諾。你太多緊急狀況了。要把緊急狀況減少到最小程度。」

「好了，白莎。」我說，一面走出辦公室。

我回到自己辦公室，不到十分鐘，愛茜回來了。

愛茜人飄飄的。自她發光的眼神可以想像任務完全達成。照她個性她會走到我身邊，問我道：「唐諾，你猜我怎樣了？」但是這一次，她鎮靜了一些。

「愛茜，事情辦得怎麼樣？」我問。我知道她在等我一問。

「唐諾，」她說：「你再猜不……」

「是的，怎麼樣？」

「我照你形容的，看到那女人出來。你形容得很好，我看一眼就知道這是你要的人。衣服、長相。她自電梯走往大門，站在門口一下，足有一分鐘，看著街上人來人往，然後來了一個男人。」

「那男人毫無問題就是她在等的人，看來是用電話約好的定時見面。」

「仔細把那男人長相形容……」

「我有更好的辦法。」她神氣地說：「那個男人就是我們為你舉行生日派對時來的不速之客。」

我不由大出意外，「鄧邦尼？」

她點點頭：「正是他。」

「他們去哪裡了？」

「他們進入一個雞尾酒廊，花很短時間喝了杯雞尾酒，互相談了一下，此後我就做了一個錯誤決定。」

「怎麼說？」

「照那女人的表情，看來他們已互相同意了什麼事情——一定是什麼行動她要去做。我想，你會想知道她聽他指示想去做什麼，所以她去什麼地方比較重要。男的站起來走進男廁所。男的還沒出來，她站起來走向大門。我立即決定應該尾隨她，我想你和白莎會有鄧先生的地址。」

「她去哪裡了？」我問。

「直接回辦公室去了，也許急著回去要打電話什麼的。」

「沒有吃中飯？」

「沒有，只喝一杯雞尾酒。」

「她走的時候，男的還在廁所裡？」

「是的。」

「雞尾酒送來時有沒有收錢？或者喝酒的時候，男的有沒有叫買單？」

「沒有，我走的時候，男侍還在猛看那一桌的情況。我相信他在想他倆可能想賴帳。也許我該等著看鄧邦尼出來會怎麼辦。不過我絕想不到，這時候女的會直接回她辦公室去……要知道鄧先生見過我，我還怕他會發現我正在跟蹤他——也許他一下子是不會認識我的，但是一想就會想起來的，我也不知道給他知道了會不會壞你大事。反正，當時我決定去跟那女人，那女人直接回辦公室去了。」

「有沒有等等看，她會不會立即又出來？」

「我也想過，也許她趕回去拿什麼忘記帶的東西，但是她沒有再出來。我等過相當久的時間。不過，她趁他去洗手的時候自己離開，這一件事，一直叫我不能理解。我根本沒有見到他們兩個人有任何說再見的動作。」

「愛茜，到底他有沒有見到你？」我問。

「我也想過，唐諾。但是我想他沒有見到我。當然他向四周環視過一次，那不過是小心的男人看一下四周的環境而已。」

「你認為他看到過你一眼？」

「我看得見他，他當然也見得到我，當然，他環視過一下四周環境，每件東西都可以看到過一眼。」

「那是在他站起來走向廁所之前？」

「是的。」

「OK，愛茜。」我告訴她：「你的工作完成了。這件事不要向白莎提起。你讓她知道你已經回到辦公室，任何人來電要找我，你都可以應付了。你告訴每個人我出去了。」

走出辦公室，我直接前往消費者基金會去。

我自口袋拿出我從報上剪下的那則廣告，我說：「對這件事我想要弄清楚一點。」

櫃檯後的小姐說：「對不起，我會找一個人來幫你忙的。」

她走向內辦公室，過不多久，我認識的一位小姐自辦公室出來。

「喔，賴唐諾。」孔繁蓮說：「你來這裡幹什麼？這裡沒什麼好嗅的呀。」

「還是你先告訴我，你在這裡幹什麼？」我問。

「我在這裡六個月了。」她說：「我把市府法律室的職位辭了，就是到這裡來工作的。」

我把廣告剪報偷偷塞回褲子口袋裡。我說：「我根本不知道你會在這裡。事實上，我來這裡也沒有特別原因。我不過想知道兩三件和消基會有關的事情。現在看來，我的看法還沒有成熟，倒不如過三四個禮拜再回來討教好了。」

「也許你不必謙虛了。」她說：「剛才那小姐已經告訴我了，你所說的事是一件廣告，裡面還有三百元獎金和一件車禍。」

「那不過是我想問幾件事當中的一件。」我說：「這些天來生意不好，我又天生好奇。我不過如你所說的，到東到西嗅一下。現在我倒不想打擾你了。」

她大笑道：「唐諾，別來這一套了。我認識你太深了。你想抽腿，想開溜，怕你的身分被別人知道。這樣好了，你到裡面來，我可以幫你忙的，唐諾。」

我跟她進入辦公室，坐在她指定我坐的椅子上。

「你在搞什麼鬼，唐諾？」

我搖搖頭，我說：「對外面那個小女孩我可以鬼扯。但是我不願對你說謊。繁蓮，這件事我們作廢好嗎？算我沒有來。」

她笑笑，「我不會迫你說的，唐諾。不過，正好，我們對這件事有一些檔案。我們也調查過，本來也只是因為這則廣告登得太奇怪了。

「這廣告是一位叫賀龍的出錢登的。他向蒙拿鐸大廈一位李瑟靈小姐租了一間出租的辦公室在辦公。

「李瑟靈本來是一位傑出的秘書人才，有生意頭腦，她辭去了秘書職位，出來自己創業。她在蒙拿鐸大廈弄了一連串幾個小辦公室。她出租辦公室，提供一個只有信件來往而沒有辦公室的服務，給很多所謂的『一人公司』，也提供電話服務。她在去年有過一個客戶觸犯了公交法。自此之後，她選客戶比以前小心得多。她要賀龍給她一個保證人名字才租辦公室給他——他沒有辦法，給她一個羅陸孟三氏建築事務所的作保。事務所說他們認識賀龍很久了，可以保證他是無問題的。」

「你和羅陸孟三氏建築事務所談過嗎？」我問。

「沒有，」她說：「我們的調查到李小姐為止。一切似乎尚還沒有問題。雖然廣告措詞很特別，獎金也高了一點，不過我們就因為賀龍有保人，不再追究了。」

「李瑟靈後來有沒有去對保？」

「有，她用電話找到了三位老闆中的一個。他說他簽字的文件，他保證沒錯。」

「她有賀龍的地址？」

「據我知道，她只有他的旅館電話號碼。賀龍是從另外一個城市為了調查這件車禍專程趕來這裡的。由於他的保人很硬，所以她才租辦公室給他。」

「你不知道賀龍住什麼旅館，是嗎？」

「不知道，」她說：「我只是一般性的調查一下。你真有需要，我可以替你問出來的。」

「要是你能夠不提我，而找出他住的地方……」

「那不費事。」她說：「唐諾，我很肯為你做一點事的。」

她抽出一個抽屜，裡面都是卜紙檔案。她找到一個號碼，就用桌上電話撥那個號碼。

「我要找李瑟靈小姐，喔，李小姐，我是消基會的孔繁蓮。我正在把近日的案件歸檔。我手裡的是上次找到你的那件檔案。我發現檔案裡少了賀先生的地址。我記得你說他在什麼旅館來著……？」

電話對面嘰嘰咕咕傳來不少話音，好像不會停似的。

「喔，是的，我知道了。」孔小姐說：「事實上不過把檔案整理一下，看到這張卡片，我發現少了一個地址。是喜來頓旅社，是嗎？真是謝謝了……沒什麼，一切沒問題。我只是把檔案整一整。就我們看來這件事已經歸檔了……是的……你知道的，歸檔了。你希望有事不要弄到你頭上來，當然，當然。那件事結了。我只是看到少個地址而已。也許你以前告訴過我的，我沒把它記下來。一切ＯＫ，拜拜。」

孔繁蓮放下電話，她說：「老天，你是個不受歡迎的傢伙。」

「為什麼？」

「她把我要的地址告訴了我，然後她告訴我有一個賴唐諾，毛遂自薦想來領這獎金，被賀先生拒絕了，正在找麻煩。

「她說賀龍確認賴唐諾並沒有親自見到那車禍，但是為了要那三百元，他願意做偽證。

「她說，賴唐諾的證詞是不能用的，用偽證的人自己也犯了偽證罪，所以除了把賴唐諾一腳踢出去外，其他沒有什麼辦法。她說那賴唐諾堅決認為，也死裡八氣的要那三百元。」

「這樣的嗎？」我問。

她蹙起眉頭看向我，問道：「唐諾，你有沒有想去拿那三百元獎金？」

「我是去查一查這張廣告怎麼回事。」

「查出什麼來沒有？」

「沒全懂。」我說：「反正廣告是虛設的。」

「怎麼說？」

「目前我尚不準備和盤托出。」我說：「但是那廣告上的都不是事實。他們把車禍事實正好弄倒了。那開凱迪拉克車的人才是真正該負責的。而且，那件車禍在他們登廣告之前早就已經和解了。」

她的眼睛瞇了起來，「和解了！那為什麼還要證人呢？再起訴訟嗎？」

「我不知道，」我說：「我自己也在找答案。」

「我看我們應該一起來管這件事。」她說：「到底這在我們的管理範圍之內。」

「在我辦好我的事情之前，最好不要打草驚蛇了。」我搖著頭說。

「但是，這一類事情正是消基會要捉的。我來告訴你……李瑟靈有一次為了一個客戶，弄得一身的騷氣。假如她再……她一直答應從此要十分小心的。」

「我想這件事與她無關的。」我說：「目前我們不要去管這件事好嗎？你能不能告訴我，李瑟靈住哪裡？」

她看向卡片，她說：「她住在司提爾公寓十四號B。那是她發生那件小事之前。我不知道她是不是還住在那裡。」

「現在住哪裡沒有什麼關係。」我說：「我和你一樣，我希望收集各種現成資料。」

「資料多了，有時也真有用，」她說：「我們倆個談個交易如何？」

「什麼交易？」

「你在調查過程中發現什麼與我們有關的，請你告訴我們，而在攤牌的時候，假如你用得到我們，我們就支持你的說法。」

「什麼叫支持我的說法？」

「我們說我們是一起在調查這件案子的——說不定到時對你有幫助呀。」

「也說不定。」我說：「說不定真會幫大忙的。但現在我還想自己一個人玩一會兒。我會盡全力與你們合作的，不過我有一個雇主，所以我必須保留一點秘密。」

「這我瞭解，但是你引起了我的興趣了。」

「在走出這間辦公室之後，希望不要洩露這種興趣。」

「好的，唐諾。我等你回音。」

「謝了。」我告訴她，我離開她辦公室，到市立圖書館，看建築業的資料，看那些建築商在本市在做啥生意。

一堆卡片中，我找到羅陸孟三氏建築事務所的名字。

圖書管理員幫我找到那參考資料。

三位老闆的照片都在裡面。

雖然這本資料已經有五年之久的了，陸華德的照片看來異常眼熟。

陸華德就是賀龍。

第八章　麻煩才正開始

羅陸孟三氏建築事務所的辦公室完全談不上現代化。主要入口處的接待室，有一些硬背椅可以使等候的客戶憩憩腿。一位接待小姐坐在一張木桌後面，左手側有一台老式的電話交換總機。有一間大概是秘書室，門開在那裡，裡面傳出啪啪的打字聲。

在接待室的有三個門，相信裡面有三間相似大小的辦公室。門上掛著「羅先生」，「陸先生」，「孟先生」的牌子。

接待小姐倒是很能幹的。她手和臂交替活動，又要接電話，轉電話，間而有空還要快速地打字。

我站在那裡觀察一下環境，也看著她在忙。她警覺不安地看向我。她皺起前額上的橫紋，勉強地裝出微笑。

「什麼貴幹，先生？」她問。

「陸先生。」我說。

「喔，是的，請問先生尊姓？」

我說：「你告訴陸先生，有人為私人事情找他。見到我他就認識了。」

我也向她微笑著。

她不笑了。她說：「我一定先要通報是什麼先生要見他。」

「告訴他姓賴好了。」我不耐地說。

「賴什麼？」她問。

我唬她一下，要向門口走。「喔，算了，算了。」我說：「不過是件私人小事。你看到他就告訴他，有個姓賴的人來過，他不喜歡他做事的方法。他會懂是什麼人來過了。」

「你等一下。」她冷冷地說道。

她用細長的手指在總機面板上撥弄。把一條線插入，又把一個開關打開。她用一側的肩頭背向我，把聲音降到很低，用我聽不到的方法在和裡面人通話。

過了一下，我聽到她說：「是的，陸先生，我來問他。」

她說：「陸先生要知道你的名字。」

我用盡表情給她一個甜甜的微笑，「可以。」我說：「我這就進去告訴他。」

我走過她桌子，轉開門上有「陸先生」牌子房門的門把，直直走進辦公室去。

陸先生手中仍拿著話機湊在耳朵上，兩眉深蹙。

抬頭看到來訪人已經進來，臉色生氣得一下雪白，把話機摔回鞍座上，把椅子後退，一下站起來——突然他認出進來的是什麼人，下巴一下子掉下來，鬥狗似的肩膀垂下來。一下子他的上衣尺碼似乎大了一號。

「是你！」他說。

我隨手把門關上。

我說：「我一直在等你消息。我認為我該得那三百元。」

「你怎麼……怎麼會找到我的？」

我笑笑，「有差別嗎，陸先生？也許你希望我稱你賀先生。我們在討論那車禍時，你不是姓賀嗎？」

他坐回椅子去，猶豫了一下，說道：「坐下來，賴先生。」

我坐在他要我坐的位置。

「也許我該向你說明一下。」他說。

「本來也應該。」我說。

他又猶豫一下。用右手壓著左手的手指關節，壓得啪啦啪啦的響，他在研究怎樣開頭。

「那份廣告，」他說：「也許使人想錯了方向。」

「也許。」

「我們想和某一個人聯絡，這位先生我們相信他見到那車禍。我們找他是另有原因，這原因我們也不便宣佈，所以，我和我的同事想出辦法，登個廣告找見到車禍的人。」

「原來如此。」

他臉上帶上了一些血色。他繼續道：「但是，這個廣告後來找來了幾個為錢而來的證人，這是我們始料所未及的。顯然這件事給你引來了一些不便，我們願意道義上給你一些補償。」

「多少？」我問。

他友善地笑了：「一百元，賴先生。」

「廣告上說的是三百元。」我說。

「賴先生，我給你解釋過了。這個廣告目的是要找一個特定的人，而你不是那個特定的人。」

「你找到那個特定的人了嗎？」

「這好像就不關你的事了吧，賴先生。」他說：「我們只談我們的事。」

「什麼是我們的事？」我問。

「你的補償費。」他說，過了一下他又說：「假如你想要的話。」

我說：「別以為沒人知道。那廣告是揑造的，事實正好相反。是凱迪拉克闖的紅燈。福特天王星是依交通號誌在開車。」

「我第一次和你討論這車禍時，你可不是這樣說的呀。」他說。

「但是我現在是這樣說的——也是照事實說的。」

「那麼，你沒有親見那車禍？」他說。

「那廣告說獎金三百元，給一個能夠提供一個見到車禍證人的人。」

「那廣告措詞是非常仔細研究過的。」陸華德說：「也只有能作證錯誤出在福特車駕駛者的人，才能領到獎金。」

我說：「當然，你不能把獎金定給相反的一方，否則至少有一打人出來作證領獎。」

「你到底什麼意思？」他問。

我說：「我還是來領我的三百元獎金。我真正照你說的說了，是嗎？」

「我不知道。」他說：「你說了嗎？」

我對他笑笑。

他猶豫，把右手摸向下巴上的鬚根，又把左手來壓右手的手指關節。最後，他說：「好吧，賴先生，我纏不過你，就算你是應該得到那三百元。我當然不會準備這種錢在口袋裡等人來拿。你一定得等我一下下。我先要寫張領款單，自出納那裡去拿現鈔，假如你願意在這裡等，幾分鐘就可以了。」

他站起來，離開這辦公室。

我有站起來檢查一下他辦公桌抽屜的衝動，但是牆上一面大鏡子，在我看來有點像是單向的玻璃窗，我抑制了衝動，坐在那裡乖乖地等。

五分鐘之後他回來，手裡有三張百元大鈔和一張收據。

「這給你，賴先生。」他說。

他把三張大鈔交在我手裡，他說：「這裡請你簽字。」

收據上打字打著：「茲收到，為應徵報端有關四月十五日車禍找尋證人的廣告，全部費用三百元正。賴唐諾。」

簽名之下還有兩條空白線，是寫名字填地址的。

「名是一定要簽的。」他說：「還有地址，否則不好報銷。」

我把三張百元大鈔對摺，放入上衣口袋，把收據用兩隻手的姆食指拿住，一撕為二，又自二撕為四，走過去高高地拋在棄紙簍裡。

「沒有什麼收據的。」我說。走出辦公室去。

他坐在那裡，被激怒著，在生氣，但是拿不定該怎麼辦。

我走過接待室時，一位坐在那裡等的漂亮女郎對接待小姐說：「我不能再等了。請告訴他我明天再來見他。我另外有個約會。」

她比我先走出事務所大門。

我們一起在電梯口等電梯。

我看她像一個聰明的打字員，目前她的任務是跟蹤我，看我要回哪裡去。看來她又緊張，又興奮，這和她平時工作完全不一樣。

電梯下來，停在這一樓，女郎自己先一腳跨進去。

跟蹤人是一種藝術，還不太好學。那女郎每一步都錯了。

她太緊張，她等電梯下來時清了三四次喉嚨，她極小心不把頭轉向我這個方向，但是又怕我溜了，眼角不斷的瞄向我。甚至在下降移動的電梯裡，她都怕我會突然溜走似的。

到了地面層，她讓我先走出電梯——我曾禮讓她一下，但是她還是讓我先走了。

走過兩三個街口，前面有一個雞尾酒酒廊。我直接走進去，好像是約好人在見面似的。

她等我進去，我裝模作樣四面看一下好像在找等我的人。等我坐定後，她才慢慢進來，一本正經，希望我認不出她就是說另有約會不能再等的女郎，希望我忘記了她就是和我同一部電梯下樓的女郎。

即使如此，她還是決定正眼絕不看我一下，但不斷地斜眼瞄我一下。

我和酒保閒談，問他什麼時候了。我們互相對著錶上的時間。我走進男廁所。廁所有兩個入口，一個是自酒吧可以進來，另一個是可以從餐廳進來。

我走餐廳那個門經過餐廳走上街去。繼續向前走。

前面有一個不起眼的小旅社，我走進去，用來自科羅拉多州丹佛市的賴唐諾名義登記。我自己解釋行李尚在車站暫存，我願意先付房間錢。

管理人同意我繳款。

我付了一夜的房錢，取了收據，拿了房間鑰匙，把鑰匙放在我口袋中。我說：「我先不上去，先去取行李。」

走出旅社，我直接走回羅陸孟三氏事務所所在的那幢大廈。

我在大廈門口足足等了二十幾分鐘，她匆匆地才趕回來。

她像隻鬥敗的鬥雞，又無奈，又全身無勁，但走路走得很快自人行道過來。

我走出來，經過她，好像沒見到她，但用眼角乜向她。她突然看到我，在人叢中認出是我，驚訝得下巴向下掉。我看到她頸子向後轉，身子向後轉，又開始跟蹤我。

我不管她在後面跟，把她帶到了小旅社門口，我大聲問管理的人道：「有丹佛給賴唐諾的信嗎？鑰匙在我身邊。」

管理員向後看看鴿子籠似的鑰匙格，搖搖頭。

我把鑰匙抓在手裡，半打招呼半給他看，走向電梯。

她不敢跟我進電梯，她知道這是不可能不引起注意的。

我自四樓走出電梯，快快地自樓梯走向到三樓，看向電梯位置的指針。

相鄰的一部電梯正在上昇，指針搖搖地停向四樓，我壓下降電梯的按鈕，進入電梯，來到大廳，把鑰匙還給櫃檯。

如此一來，那女士可以回去報告，她跟蹤我，已見到了我住的客店。

她會很滿意。我也很滿意。再說，葛達芬的三百元我也給她要了回來。

我感到我應該有一些乾淨的替換衣服，我走去我本來住的公寓，要整些備用的東西。

一進公寓入口，我就知道一切又給我自己搞砸了。

我不知道宓警官是在哪裡等我的，多半是在一輛停著的車子裡，因為他較肥的身軀要花較多的時間自車中出來，再爬上沒有幾階的公寓前台階，當我已經把信箱中的信件清理一下之後，他才站定在我的身後。

「哈囉，小不點。」他說。

我連看都不必看他，「哈囉，善樓。」我說：「我聞到了臭臭的雪茄味。知道你一定躲在附近。有什麼不對嗎？」

「你呀！」

「我？」

「你不對。」

「我不知道有什麼不對呀。」

「我們上去。」

「上去？上哪裡？」

「你的房間。」

「為什麼？」

「我想參觀一下。」

「有搜索令嗎？」我問。

「你真囉唆。」善樓說。

我們上去到我房間門口。我自口袋中拿出鑰匙開門。

善樓自我身後推門先我而入。我聞到的是半燃半熄，他在猛嚼的雪茄菸草味。

「善樓，公事公辦，假如你不介意，我想先看一下搜索令。」我說。

「可以。」善樓說。他塞給我一張印本，印本上寫得清清楚楚，警方在搜查漢密街一七七一號律師費岱爾兇案有關的證物。

「請這樣一張搜索令不能生效的。有效的搜索令上面，要註明搜索的地址及被搜索的人名，而且要註明想搜出什麼東西來。」

善樓把濕兮兮的雪茄移向嘴的另外一角，露出半套牙齒。「想不想試試妨害公務有什麼結果？」他說。

「不想，不過萬一上法庭，這一點我是一定要提出來的。」

「可以，這本來就是你的權利。」

「善樓，你想找什麼？」我問。

「一個女人。」他說。

「我是一個守身如玉的單身貴族呀。」我說。

「狗屁！」他說。

他開始在公寓裡巡視，看看廢紙簍，看看衣櫥裡，看看床下。他爬下來看衣櫥下面，仔細看鞋子，撿起菸屁股來看，看有沒有口紅印。

「你把她藏哪裡去了，小不點？」他問。

「把什麼人藏哪裡去了？」

「那女孩子。」

「你認為我有一個女孩子，她可以告訴你什麼事，是嗎，警官？」

「你藏著一個女人，你應該知道這犯什麼罪。」

「什麼罪？」

「等你換執照的時候，我告訴你也不遲。」他說：「唐諾，我也不願意整天的在你屁股後面跟你過不去。有的時候，你還是非常合作的。再說白莎人不錯。

「白莎和你合夥是她一生最大之失策，在你未來之前，白莎的工作正正規規，做些……」

「雞毛蒜皮小生意。」我說。

「不過也是每月有餘，至少她不會提心吊膽怕執照會吊銷。」

「她現在也不擔心呀。」我告訴他。

「那是因為我是她朋友，而且她自己不玩花樣。」他說。

善樓走向浴室，看看牙刷，檢查大毛巾，看看污衣簍子。

「你真會挑地方查案子。」我說。

「這些地方才挑得出線索來。」他說。

「除了女人之外，你還要找什麼？」我問。

「鈔票。」

「多少鈔票？」

「依據線民消息，有一項工程包括道路、護坡、防洪堤，最後是一個近郊的社區建設，正在一連串的招標。費律師是這個近郊社區的律師。

「這些招標都要現金押標，以示一定履約。

「未得標者可以收回押標金，收回的通常是抬頭支票或提現支票。不過我知道有一批投標的人在最後一刻才加入投標。一樣的他們要交四萬左右的現鈔。他們電話中得到費律師的ＯＫ。他們把錢送過去。費律師被謀殺時相信錢是在他家中的。」

「誰告訴你這些事的？」我問。

「一隻小鳥。」

「招標的是哪一家公司？」我問。

善樓看向我，雪茄菸尾自嘴角的一角捲到另外一角。

「你為什麼要問這件事？」

「因為我想要知道。」

善樓道：「老實說，我不知道。」想了一下，他說：「在我看來，你這個小子反倒有可能是知道的。萬一我查出你知道而不告訴我的話。我會把你的頭敲得扁扁的！」

我沒吭聲。他看了我一遍又一遍。最後他下決心道：「好吧，唐諾，我給你一個機會，讓你去證明你是無辜的。」

「謝了。」

「說實話，你該謝我。不少警方的人想要你好看。我來告訴你一些我可以說的：費律師的案子，我們在找一個與案情有關的女人。兇案發生時這個女人在現場。我們認為是這女人開的槍。各方證據顯示，案發後有一個女人逃離現場走上街去。

「我們不知道她去了哪裡。但我們可知道你在那一帶兜圈子。我們知道你有英雄救美的個性，我們認為有可能你曾把那女士帶去費律師的住家，極可能你在那一帶是等著她上車。」

「有什麼證據呢？」我問。

「證據嘛……也不少。」他說：「你想我們會把所有證據先告訴嫌疑犯嗎？」

「我是嫌疑犯嗎？」

「是的。」

「謝了。」

「不必客氣——我乾脆再告訴你一些：有些證據證明你和一位葛達芬小姐混在一起，你去過屈拉文庭大飯店，葛達芬和你在一起，你帶了她的行李去了，你雖然自稱有要緊事在趕時間，但是你確實很引人起疑。對這件事，你怎麼說？」

「沒有什麼可說的。」

「沒有？」

過。這件事你是自己在辦，假公濟私的。」

「這件事白莎可完全不知道。」善樓說：「這樣一個小姐沒有到辦公室去

我說：「我在替一個女人辦一件事。我不會告訴你她的姓名的。」

「葛達芬是什麼人？」

「不完全承認。」我說。

「你承認這件事嗎？」

「沒有。」

「近來我很忙，」我說：「對正在辦理的事情尚沒有機會和白莎討論。」

「你和葛達芬在一起辦理的事，是什麼性質的？」

我猶豫一下像是不想告訴他。搖搖頭，我說：「保密。」

「好吧，小不點，」善樓說：「我還會找你的。」

善樓走向我的電話，撥了個號碼，他說：「我是宓警官，給你一個號碼——一六，七二，九一，四。緊急！懂了嗎？完畢。」

他把雪茄又轉一下在嘴裡的角度，自顧走向我最舒服的一張沙發椅坐下，把腳一蹺好像準備要坐很久似的。他說：「唐諾，剛才我們所說的，不論都是真的或一部份是真的，反正你的麻煩才正開始，而且已經很大了。」

「沒有錯，」我說：「要是我開車送一個女人去那律師的公館；她走進去；開槍殺了那律師；我在門外等著；她出來時我接她上車；把她送去屈拉文庭大飯店，因為她住在那裡；拿了她的行李；把她放在別的地方藏了起來——假如是我把她藏起來，我的罪不輕呀。」

「正是如此。」善樓說。

「不過，換一個方式來講，」我告訴他：「我奉命替一個女客戶做一件事，這件事的內容我不可以告訴你，我不能為了李瑟靈要找我麻煩，就向警方說出我客戶請我保密的事情。」

「你在說什麼人呀?!」

善樓把濕濕的雪茄從口中取出，身子向前直坐，看著我。

「李瑟靈。」

「她是什麼人？」

「一個心不甘情不願的女人，就想找我麻煩。」

「她有什麼心不甘情不願呢？」

我聳聳雙肩，「誰知道。我找她要一點我客戶要的資料，她把我轟了出來。」

「什麼資料？」

「報上一則廣告，和四月十五日一樁車禍有關的。」

他想把濕兮兮的雪茄尾放回嘴裡去，又臨時看了它一眼，好像失去了胃口。站起來，把雪茄尾帶進浴室，在抽水馬桶中把它沖掉。

我知道他在拖延時間。

「說說看，那車禍是怎麼回事，」他說：「再不然說一下那件女客戶的工作性質。」

「柯白莎是我們發言人。」我說：「她說的不是你都信嗎？你總是不相信我告訴你的一切事。你為什麼不去問白莎？」

善樓說：「你說的事有一些沒有錯。唐諾，我已盡可能調查過你這兩天的行蹤。白莎說你這兩天主要的工作是在調查一件車禍的假廣告——說你應一大堆大保險公司的聘請，想追一個專做偽證的集團。」

「這樣嗎？」我說：「要是我，就不見得會告訴你那麼許多，不過既然白莎已經告訴你了，那也就算了。李瑟靈在這件假廣告案子裡確是插了一腳的。我不知道她涉足有多深，但是她對我非常不喜歡。我還知道她和消基會有過不愉快的經驗。」

「有這種事？」

「確確實實呀。」我告訴他：「她願意盡一切能力破壞我的名譽的，因為她知道我在調查她，一旦等我查出什麼，她恐怕會有大大的困難了。」

宓警官走向窗前，坐在窗前小桌的上面，一隻手垂下用指尖輪流打鼓似地敲打著桌面。「你想你會找到一些線索的？」他問。

「可能。」

「但願吧。」善樓道：「你找不到什麼線索，麻煩就大了。再說極可能連白莎也給你拖了進去，那就更不好了。白莎一毛不拔，但是她誠實，最重要的是她和警方很合作。」

「我自己和警方也很合作的呀。」我說。

「你當然！」他用手掌平伸在頸子上做出一個切斷脖子的姿勢：「這種合作。」

「以往到最後不是都沒有叫你吃過虧？」

「這倒也沒錯。」宓警官承認道：「過程中引起不必要的誤會也太大一點。這次放你一馬。我現在要走了，暫時決定不給你難堪。不過我要警告你，不要給我逮到什麼證據。」

善樓走向門口，轉身對我說：「對事不對人，別難過。」

「不會，不會。」我告訴他。

善樓走出門去。

我可以想像到他在電話中傳出去的數目字是一個密碼，叫他們派一組巡邏車來，對我加以監視，我出門就要有人跟蹤我。

我足足等了十五分鐘，讓警方去佈局完成，我自口袋中取出得大獎人花大松的地址，那是雪蘭街一三二八號。

我走向寫字檯，取出我自己有照的點三八口徑轉輪和肩套，把它們裝配在身上。

不論我怎樣調整，那玩意兒都顯然突出，其實這也是我不喜歡帶槍的原因。不過這一次沒辦法，我要去的地方使我感到應該身上有一些突出的東西才好。

第九章　經常離家的推銷員

雪蘭街一三二八號是預鑄屋住宅區中之一幢，商人預鑄四家連在一起的房子一幢，給大家參觀購買，一大塊地上完全一樣的房子四幢四幢的造了四十幾個單位。

花大松住的那一種是更平價一些的——二房一廳，廚廁全。

花大松正在家中。自廚房中我可以聞到逸出的煮菜味道。那傢伙看來正餓著，他還沒吃飯。

我也聞到他嘴裡有一股酒味。

他個子高，肩膀寬，自以為是唐璜型的大情人。在我看來，他嘴巴太大。

他自上向下看我：「賴先生，你要我為你做什麼呢？」

「我只要私下和你說幾句。」

「什麼叫私下？」

「能不能請你出來一下？」我問。

「沒困難。」他說。

「假如你肯坐在我的車裡，我們所談的一切就不會被別人聽到。」

「你到底談什麼，怕被別人聽到的？」他問。

我給他一張名片，我說：「我是私家偵探。」

「喔，喔，喔。」他說：「我一直在想私家偵探應該是什麼一副吃相的。」

他看向我，突然間大笑起來。

「什麼事那麼有趣？」我問。

「你呀！」他說。

「喔？」

「沒錯。電視上我可也見過私家偵探，書上也形容過私家偵探是什麼樣的，他們寬肩大拳，他們抓人像抓小雞，一拳打掉人好幾顆牙齒，小小用一些功夫，對手就斷臂斷腿的，事後他拍掉身上的灰塵，手臂上掛個小妞離開現場。」

「又怎麼樣？」我問。

「看你不像。」他說。

「我也過來啦。」我說。

「我不知道你怎麼能湊合的？」他問。

我斜過一點身子把手放入口袋內。外套突出的部份更明顯了一些。

花大松向下看我，好像明白了。

「我懂了，」他說：「你找我為什麼來著？」

「要和你談一談。」

「你說過了。」

「也說過了。」

「為了一件私人事情。」

「有關兩人共同財產。」

「什麼共同財產？」

「達芬一部份的共同財產。」我說。

那傢伙突然愣了一下，有如我在他臉上打了一巴掌。他的眼光變成硬硬冷冷，嘴巴合成一條直線。

「我不懂你在說什麼話。」他說。

「你是肯跟我到車裡去談談，還是我們就在這裡談？」

「到你車去談。」他說：「少在這裡耍花槍，要不然我可不怕你有武器，照樣把你……」

「可以，」我說：「一切在你。不過我是在給你一個比較容易一點的脫身方法。」

我轉身，慢慢地走下水泥人行道，走向我停車所在。

過不多久，我聽到沉重的腳步聲跟在我後面過來，一隻大手按上我肩頭。

「聽著，賴。」他說，「我覺得你是故意前來找我麻煩的。」

我頭也不回地說：「一切麻煩都是你自己自找的。」

我繼續向前走，走到車旁，打開車門，自己坐在駕駛盤後面。

「嗨，你等一下。」他說，繞到車子的另一邊，坐進車裡：「這到底是怎麼回事？」

「說過了呀，有關兩人共同財產。」我告訴他：「你得彩一十二萬元。你準備付多少錢來補貼當初拿走她銀行存款的錢。你拿她錢，使她兩手空空，一無所有……」

「等一下，姓賴的，那婚姻根本是無效的。她自己一直比誰都清楚。是她要求我做一個樣子，這樣她的朋友們比較不會看不起她。」

「結婚證書上寫明了嗎？」我問。

「那怎麼可能？」他說。

我什麼也不說。

「她要多少？」他問。

「我不知道。」我告訴他：「假如回去見她的時候，我手中有五千元現鈔，我就建議她接受和解。」

「五千元！」他大叫道：「你瘋啦？你知不知道這筆獎金在政府伸手抽掉稅金之後，還留下多少給我？」

「因為如此，我才只開口五千元。」我說：「否則我會說五萬元的。」

「賴，有一點你必須明白，我是結了婚的，我有個女兒，七歲。她聰明美麗，想想看，要是她知道……」

「對呀，你要知道，我嘴巴不太緊的。」

「你……」他說。

「你在再婚的時候，為什麼不想到她呢？」我問。

「賴，我是一個推銷員，我時常離家。我離家的時候就像一般的單身男人。我愛我的家，我愛我的太太、孩子。我不想使她們難堪。」

「這我瞭解，」我說：「不做虧心事，半夜心不驚。」

「不要如此說。我在說有時人做事只因一時衝動。事後有時十分後悔。這種事不是故意使壞。都是一步接一步，脫不了身。」

「原來如此。」我說。

「我知道你並不真懂。」

「我懂，」我說：「我還有更懂的了。花五千元，你可以把這件事大事化小，小事化無。」

「在我看來，我一毛錢不必花。她是大人，她自己睜大了眼，也明白自己在做什麼的。」

「在我看來，你應該花更多的錢。」我說：「是你把她帶進一場重婚的醜劇裡去的。她太軟弱，又太好心，不忍心去控告你。你離開她的時候，你和她的婚姻如果無效，你就得吃重婚官司，如果有效，你中的獎一半是她的。更不要說你帶走了你們兩個人共同存戶中的全部財產。」

「那也不過一千一百多元。」他說：「我就把這些還給她好了。我本來也準備有錢時要把這還給她的。那時候我正缺現鈔用，我——我拿走鈔票，一半是因為我要錢用，另一半也為了不使她——」

「不使她怎樣？」我問。

「不使她有錢去請渾蛋的私家偵探。」他嘔氣地說。

「不過她現在請了一個渾蛋的私家偵探，這要花你五千元。」我說：「萬一你尚還要拖拖拉拉的話，只怕到最後花的尚不止這個錢。」

「辦不到。」

「隨你，」我說：「你也可以……」

一輛警車開過來，就近停在我們車旁。

宓善樓警官自車中出來，嘴裡咬著一支新鮮的雪茄。

「好呀，小不點。」他說：「你活動範圍很大，我們也只好跟在你屁股後面猛追。我來聽聽你現在在辦的又是什麼公事。」

善樓把他的證件掏出來給花大松看一下，「你叫什麼名字？」他問。

「嗨！」花大松說：「這是怎麼回事？」

「你叫什麼名字？」善樓說：「不要想騙我，我查得出來。」

「花大松。」

「這個賴唐諾，你認識他多久了？」

「才見面不到一分鐘。」

「他來幹什麼？」

「那是私事。」

「我問你他來幹什麼？」

花大松猶豫了。

花家大門出來一個漂亮的女人，向四週一看，看到花大松坐在我的車裡，也看到一輛警車停在旁邊。她想說什麼，轉身，想回屋裡去，又轉回來，就在門前的護欄旁看這裡在做什麼。

「怎麼樣？」善樓問。

花大松說：「這傢伙是個私家偵探。我在幾個月之前在中西部和一個女人有點糾葛，他來替她討點錢。」

「那個女人叫什麼名字？」

「這有什麼分別呢，她的名字……」

「她叫什麼名字？」善樓簡短地問。

「葛達芬。」花大松說。

「嘿，這渾蛋的！」善樓低聲地說。

「這明明是恐嚇。」花大松道。

「我給你什麼威脅了？」我問。

「直接倒沒有，隱隱約約而已。」花大松說。

「到底我有沒有威脅你？」我問。

「你說過我有麻煩。」

「我說過什麼方式的麻煩嗎？」

「……沒有。」

「我曾經勸告過你，要是你不照我說的去做，我一定正式向法院去控告你，有嗎？」

「我覺得這也是威脅的一種。」

「少傻了，」我說：「這不是威脅。我代表一位小姐，她對你有一件事要公開地控告，假如你感到庭外和解好一些，你就付錢，她就不告。你不肯付；我也幫不了你忙。再說妥協的價格可能會因為你不乾脆，隨時會上升。」

「嗨，嗨，嗨，你們在談什麼？」善樓問。

「警官，這是一個小小的家庭糾紛。」

花大松自口袋掏出一本支票簿，「好吧，」他說：「我這就簽一張五千元給葛達芬的支票給你。我在支票後面寫上，今日之前我和葛達芬的一切糾葛，在她兌現這張支票後一筆勾銷，她放棄了一切申訴及控告的權利。」

「可以。」我說：「支票我會交給她。能兌現的話，我會給你一張收據。萬一她不去兌現，表示她不滿這個數字。」

「她最好能接受這個數目，要不然連一分錢也不給她。」

善樓站在那裡看他簽支票，又把支票交給我。

我說：「我會和你聯絡的。你有電話嗎？」

「有是有，沒登記的。」

「把電話號碼寫在支票上。」

他在支票上寫了一個號碼。

我說：「ＯＫ，」又轉向善樓道：「警官，你在這一帶幹什麼？」

「我趕來看你又再搞什麼鬼。」善樓說。

「我沒有看到你跟我來呀。」

「你當然看不到，」善樓說：「那是專家工作。我們出動了直昇機。」

花大松豎起了耳朵在聽。他問宓警官：「這個人到底是什麼貨？」

「他不告訴你了嗎。」善樓說：「他的名字叫賴唐諾，他是個私家偵探。再告訴你，這小王八蛋是個有腦子的私家偵探。」

他自顧自步上警車，走了。

第十章　拆夥的打算

自辦公室回家的柯白莎最喜歡穿了睡衣、拖鞋、絲睡袍聽古典音樂。

這種習慣，很難使我把她和辦公室的柯白莎連想在一起。辦公室裡的她紮在一圈硬的索腰裡，直直坐在會吱咯吱咯響的迴轉椅裡，眼睛像手上的鑽石一樣又冷又硬，要從經過她手的每件事裡硬擠出最後的一毛，一分出來。

我知道白莎一回家最恨別人為辦公室裡的事打擾她，但是我沒有辦法，我們面臨緊急狀況。

我用她未登記的電話找她。

她來接電話，我聽得到背景有貝多芬第六交響曲的夢幻般音韻。

「白莎，我是唐諾。」我說。

「你一直在哪裡混呀？」

「做事呀。」

「現在又怎麼啦？」

「我一定要見你。」

「明天再說。」

「現在要見。」

「好吧，一定要見就過來。」

「真的很重要。」

「希望是重要的事才好。」她說，一面把電話掛上。

我開車到白莎的家，她家中的設計完全為她個人舒服——厚窗簾、軟地毯、隔音、間接光線、斜榻、芳香劑。

白莎在門口替我開房門，手指豎在嘴唇上，輕聲地說道：「進來，坐在那裡不要動，等我聽完這個樂章。」

白莎自己坐進斜靠的沙發椅去，把身子溶化在椅子裡，把眼睛閉起，臉上現出笑容，把自己浸浴在音樂裡。

當這一樂章結束，白莎按鈕使唱片停止活動，她小而明亮的眼睛立即冒出恨意，怒氣地看向我。

「我最恨別人為公事在晚上來找我。」

「我知道。」

「你有什麼事？」

「我要和你拆夥。」

「什麼？」她一面吐出這兩個字，一面掙扎著要想坐起來。

「我要和你拆夥。」

「我這次又做錯了什麼？老天知道，不知多少次我知道你信口開河……你應該……」

「不是你做錯什麼。」我告訴她：「這次是我做錯了什麼。」

「你做錯了什麼？」

「我混完了，極可能會把執照混掉。你跟著我吊銷執照，就一點意思也沒有了。」

「聽你口氣宓善樓找上你了，和你談過了，是嗎？」

「沒有錯，他和我談了一下。」

「我懂了。」白莎說，過了一下，她加一句話：「這樣我們應該仔細再研究一下了。」

我說：「都是那件渾蛋的汽車廣告案子。這件案子鬼得厲害。

「為這件案子我花了不少開支，也經過很多麻煩，替自己建立了一個身分，然後用電話聯絡蒙拿鐸大廈。一位李瑟靈小姐在那裡，有幾個按時按日出租的辦公室。

「一個叫賀龍的男人接見我，我自覺裝得不錯，給他一個印象，只要給我三百元，我隨時可以替他簽一張不確實的，顯然是偽證的口述證詞。

「我自以為買賣成功了，沒想到另外出來了一個女人，也來應徵這個廣告。那女人名字叫葛達芬。我一見到她，就知道事情要糟，因為葛小姐正是他們要找尋的那種典型人物。她純潔，沒有經驗，正在最最背時的時候。

「於是我立即設計了一個改良政策。我設法和葛達芬先搞熟了。

「當然，他們把我趕走，取用了達芬。

「於是，我開始經過葛達芬，繼續在辦這件案子，發現賀龍另外有個名字叫陸華德——是一家成功有名氣的建築公司，叫做羅陸孟三氏建築事務所，三個董事中的一個。

「這時候，才發現，我們的客戶鄧邦尼竟是和李瑟靈有聯絡的，我相信他是在用賄賂的方法，要她告訴他一切在蒙拿鐸大廈中所發生的狀況。

「他自她那裡得知我被掃地出門了，他很生氣。要知道，我用來建立身分所出的錢都是他付出來的。他不喜歡他的錢白白泡湯。」

「那不是我們的錯呀，」白莎說：「正好有別人出現而已。這些人到底希望怎樣——包生兒子呀？」

「鄧邦尼當然希望如此，」我說：「包生兒子。」

「不過你能先聯絡上葛達芬，你還是有先見的——但是我對你的一切太清楚了。假如這個小妮子正如你所說，天真、無邪，那麼她一定瞪著眼看你，欣賞你一招一招的智慧表現，覺得世界上只有你是最聰明的人。」

「事實上是我在纏著她。」我說。

「那小妮子現在在哪裡？」白莎問。

「在我開始就租好，準備隨時被他們調查的一幢公寓裡。」

「用什麼名字租的？」

「幸好是用我自己的名字。」

「什麼叫幸好用自己名字？」

「因為這件事情七搞八搞，又混進一件謀殺案裡去了。事實上，他們找一個替死鬼的目的是要和費岱爾律師打交道。

「他們把葛達芬帶到費律師家去。他們叫她進去拿一只手提箱。達芬進去。

費律師就在這時候被謀殺。那個叫賀龍的人親自帶她去，由她獨當這種場面。她在這一點上倒不含糊，她竟能逃出來，不被警方捉到，回到我公寓來。警方知道現場有個女人。那個李瑟靈呱呱的在講話，她要我被牽進去，她的目的是報復，因為我曾經到消基會去調查她的背景。所以綜合來說，這件事弄得亂七八糟，而且危險萬分。」

白莎把雙眼閉起，她在想。然後她說：「我不懂，唐諾，一家成功有名氣的建築公司，為什麼要花三百元，又四門大開經過那麼許多麻煩，目的只為了徵求一個肯做偽證的人。」

「他們有原因，而且不是已經幹上了嗎？」我說：「內情一定是不得了的大。他們要做一件事，又怕是別人設計好的陷阱叫他們去鑽。所以他們送一個替死鬼進陷阱去看看。這個替死鬼要是說出話來，連鬼也不會相信的。這件事背景是一件大工程的招標。」

「有多少錢？」

我說：「達芬拿到的手提箱裡面有四萬元。」

「他奶奶的！」白莎道。

「正是，」我說：「但是她還可能拿錯了一只手提箱。」

白莎不吭聲了一下子。她說：「善樓對這小妮子知道了些什麼？」

「不太多，」我說：「他知道她是我的客戶。他知道費律師被謀殺的時候，我在那宅子附近開車兜來兜去。」

「你在那裡幹什麼呢？」

「跟蹤達芬在裡面的那輛車子。」

「我懂了，你又使自己鑽進一大堆麻煩裡去了。」白莎說。

「所以我來這裡呀！」

「我在奇怪，為什麼宓警官不把你請到總局去給你揍一頓，揍出你的口供來。」

「要不是正好發生一件事，他真會如此幹的。」

「什麼事？」

「葛達芬的先生——事實上是一個重婚的先生——他偶然中了連三場獨贏馬票，照片登在全國的報紙上。

「我知道宓善樓會跟蹤我，看我和葛達芬到底是什麼關係。我出去找那葛達芬的先生，目的是造一個勢，讓宓警官暫時以為我和葛達芬的關係，是她雇用我辦這件事。為了辦這件事，我已經走到了成立恐嚇罪的邊緣。不過宓警官盯住我也有好處，那重婚的丈夫以為我有警方做後盾，他讓步，如此而已。」

「你榨了他多少出來？」白莎問。

「五千元。」

「你這小渾蛋！」白莎崇拜地說。

「不過，」我說：「這件事已經混得太亂了。那李瑟靈管理的是按時按日租的辦公室，消基會對這種辦公室最頭痛，所以不喜歡她。鄧邦尼賄賂過她，可能已得到不少消息，他也知道了這廣告引出了什麼花樣……」

「鄧邦尼搞在裡面，想要什麼呢？」白莎問。

「老實說，我不知道。」我告訴她：「我也真希望我能夠知道。他所聲稱的代表好幾個保險公司這一套，顯然也是絕對靠不住的。」

白莎又不出聲一段時間，她說：「那個葛達芬——她美不美？」

「非常好看。」

「其實也不必問。」白莎表白道：「我為什麼老是問這一種笨問題呢？」

「我已經盡力自己約束了。」我說：「但是她是我一定要準備的第二計劃呀。」

「她不是你的第二計劃，」白莎說：「她是你另外一個對象！老天！我真是楣頭觸到印度國，有你這樣一個合夥夥計。」

「白莎，她人不錯的。」我說。

「你還為她出了什麼力？」

「我替她把該是她的三百元弄了過來。」

「現鈔？」

「現鈔。」

「那五千元呢？」

「是支票。」

「付給我們公司，還是付給葛達芬的？」

「付給葛達芬。全部。」

「葛達芬知道這件事嗎？」

「不知道，我還不敢告訴她。」

「為什麼不敢？」

「我想他們會跟蹤我，我現在熱得像個火鍋蓋呀。」

「你來要我幫什麼忙？」

「白莎，我不要你混在這件事當中。我要求我們倆立即拆夥。我們寫一張拆夥書，寫明日子，請一個人過來做證人，你把文件給宓警官看……」

「別說了。」白莎下定決心道：「我脾氣不好，好強愛鬥氣，但是船要沉的時候，我不會獨善其身的。拆夥——免談。」

「白莎，這件事可能十分嚴重。」我說：「以往發生那麼多事，我都可以想出一個逃避的辦法。但是這一次不同。那個李瑟靈一定盡全力把我拖進去，只有這樣，我才會自顧不暇，不找她麻煩。」

白莎把下巴向前戳出一點點，「好吧！」她說：「由我先來對付李瑟靈。」

「那絕不會那麼簡單。」我說。

「一個女人來對付一個女人，」她說：「問題就簡單得多。世界上只有男人對付女人，才會複雜萬分。

「女人天生就是玩假的動物。她們要什麼，不肯實說。為了男人，把臉孔塗得與本來面目完全不一樣，裝上假睫毛，頭髮裡塞一隻小鳥窩進去，前面裝點假，後面裝點假。

「她們就是愛做假。自以為用間接法可以得到一切。我白莎不一樣，白莎玩真的，白莎一切都用直接法。所以這些女人只要見到白莎，算她們倒楣。

「我會去找李瑟靈。告訴她什麼時候叫做玩夠了，不准再玩了。你知道她家住哪裡嗎？」

「司提爾公寓。我從另外一位朋友孔繁蓮那裡，知道她的地址的。」

「另外一個女人。」白莎說。

「另外一個女人。」

「也是你朋友？」

「是的。」

「幹什麼的？」

「是消費者基金會的秘書。只要合理，這位小姐會和我們一切合作的，不過內情一定得告訴她，因為她已經注意李瑟靈好幾次了。她也出擊過一次，告訴李瑟靈以後辦事要正規一些。」

白莎幾乎有一些迫不及待的樣子，她說：「我看我還是趁早去拜訪一下李瑟靈，給她一點顏色看看。」

「我不同意，白莎。」我說：「至少暫時還沒必要。在沒有弄清這到底是怎麼回事之前，我們亂打亂闖，把草裡每條蛇都警覺起來，可能不是好事。

「整個事件中，有一點我非常擔心。這事件非比尋常的大，而我們現在所見到只不過是小人物而已。」

白莎研究了一下，她說：「這個葛達芬——到底怎樣一個人？」

「可憐的女孩子，身上一共只有三角五分錢。」

「還有一箱子四萬元現鈔？」白莎問。

「現鈔。」我說。

「有多少人知道錢在她那裡？」

「陸華德就可能猜得出錢在她那裡。」

「那個葛達芬這兩天靠什麼維生呢？」

「我那幢備用公寓裡倒什麼都有。她現在住在那裡。至少我希望她不會溜走。我告訴過她，無論什麼情況都不可以出去亂跑。」

「宓警官知道你代表她收到了五千元支票？」

我點點頭。

「他一定會死盯著，看那五千元什麼人去兌現。」她說。

我點點頭。

「你怎麼辦？」白莎問。

「所以，」我說：「我會找卜愛茜替我寫一封信：『親愛的葛小姐：你一定會很高興，我們已經找到了你所謂的丈夫，並且由他付出五千元的妥協費用。

「『支票指明全部由你領用。我們茲建議，假如錢數對你尚稱滿意——必須考慮到今後兩不相欠——就請你來把支票拿去，並且和我們結帳，付清你委託由我們替你辦事的一切費用。』」

「這封信怎麼送達給她呢？」白莎問。

「由美國郵政特別專送送出去，另外我們留一個底，萬一宓警官帶了搜索令到我們公司來搜，他會發現這一份副本，他會……」

「他會得到那地址。」

「是，會得到那地址。」我告訴她。

「你認為這妥當嗎？」白莎問。

「不妥當，非常不妥當，除非……」

「除非什麼？」

「除非當時我已經把案子破了。」

「但是，你不是說照這辦法，宓警官會立即拿到這地址了嗎？」

「是的，沒有錯，現在算起來，大概還有二十四小時。」

「你說一天之內，你有辦法把這案子破了？」

「不破就完了。一定要破案。」

「破哪件案？」

「恐怕要破的是費律師的謀殺案了。」我說：「這件案子我混在裡面太深了，不破這謀殺案，其他的情況我們都不能瞭解。」

白莎洩氣地搖頭，她說：「不可能，警方對這件案子上天入地的在調查，又有那麼許多人參與。你把你自己的頭往案子裡一鑽，別人就把你開膛破肚，什麼都挖出來了。」

「我沒有別的選擇呀，白莎。」我說。

「靜以待變怎麼樣？」

我說：「明早宓警官就會到我們辦公室去。他會要求我們給他看葛達芬的卷宗。他會要求把這些卷宗封檔，將來可以呈庭作證。我們會據理力爭，說這是客戶的機密，有隱私保護的權利。他會說因為這證據可能和謀殺案有關，所以不能有隱私權利。」

「好吧，」白莎道：「我不懂這些臭法律律條。你是天才，你看該怎麼辦才可以不給他看。」

「沒有辦法，他非看不可。」

「那麼，我們怎麼辦？」

「這些都不是我來這裡的原因，白莎。」我說：「我的目的是，將來出任何情況你可以置之度外。」

「去你的，我們是合夥人，在一條船上。現在你什麼都別管。用用你的臭腦袋，我們要把事情解決。你想出辦法之後就快滾，我要繼續我的音樂享受。」

「好吧，」我說：「我們給達芬寫封信，信由一般信件送到郵政總局，說是由葛達芬親自去取。我們派卜愛茜去郵局由她冒充葛達芬取到那封信，再由愛茜送這封信給在公寓裡的葛達芬。這樣早的清晨，他們不見得會想到去跟蹤卜愛茜。」

「你知道愛茜公寓電話號碼嗎？」白莎問。

我點點頭。

「你把電話接通。」白莎說：「我來講話。」

「她也許有約會在外。」我說。

「那我們就一直打，打到她回來為止。」

「太晚吧。」我說。

「她不是那種在外留宿不歸的女孩子。」白莎說：「當然，萬一有你在裡面混的話就說不定了。老天！真不明白這些女生看上你那一點。看她眼神，你在辦公室那裡，她就盯到那裡……弄得辦公室不像辦公室，倒像個吊馬子的地方……你為什麼不把她開除了，另外請一個晚娘臉，家庭主婦式的女秘書……不行，反正沒有救，即使另外請一個女人，只要是女人就不會有什麼差別。我真不懂，你對女人是真有一手，還是真正的白痴。你不泡她們，所以她們泡你，是嗎？」

我不吭氣。

白莎用手一指，她說：「把電話拿過來，我來打。」

我把電話拿過去，一面告訴她卜愛茜的電話號碼。

白莎撥電話，不到一分鐘，接通了卜愛茜。

「愛茜，準備速記，」白莎說：「我要請你速記下一封信，有筆在手邊嗎？」

白莎口述我們要給葛達芬的信件。

「注意了。」白莎說道：「我要你信封上寫明寄本市郵政總局留交葛達芬小姐親收。普通平信。我要你現在立即回辦公室把信打字打好，在你打好之前，唐諾會回辦公室去把一張五千元支票放進信封去。他會再告訴你明天早上在你去辦公室上班之前，你還有一件什麼工作要做，你懂了嗎？」

對面傳來話音。

白莎道：「是的，他沒有事……他就在這裡……當然，他會有什麼事？……噢！老天！有完沒完！……好吧，你等一下。」

白莎厭惡地看向我，把電話遞過來道：「她一定要親自聽你說幾句話。」

我拿到電話：「哈囉，愛茜，我沒有事。」

「唐諾，我一直在擔心。」

「擔什麼心？」

「不知道，就算是女人的直覺吧。我想你一定有什麼麻煩上身了，是嗎，唐諾？」

「別自找麻煩了。」我說：「以我個人來說，哪一次案子沒有大中小的麻煩呢？你去辦公室，我會和你在那裡見面。我們一起來寫信好了，我會把支票放進去——另外再要放三張全新的百元大鈔現鈔進信封去。」

「用平信送現鈔，太冒險了吧。」

「是冒點險。」

「那為什麼放進信封去呢？唐諾，我可以替你送呀。」

「那會更冒險。我們在辦公室見好了。不要擔心，愛茜，一切會沒有事的。」

我掛上電話，白莎搖著她的頭。「那個女人已經死心塌地的對你了。看你將來怎麼去了結？」她說：「也許該用小說中一般的結束吧，但是那會產生更大的困難的。」

「那怎麼辦？」

「怎麼辦？」白莎道：「過一天算一天，不過那也不好，讓我整天在辦公室看你們眉來眼去的，煩心的是我。」

「我又有什麼辦法？」

「你為什麼不試試對她們動手動腳，讓她們給你一個耳刮子？」

「萬一她們不打我呢？」

白莎想了一下道：「是比較更麻煩。」過了一下，她加一句道：「反正你就是麻煩的象徵，你給我滾，我要聽音樂了。」

「照我看，二十四小時是最大極限。你和我一樣瞭解宓警官。到時一定是天崩地裂一樣。我會儘量拖延他一下，但是也可能十二小時，或是十四小時，大炸彈要提前爆炸，也未可知。」

白莎嘆口氣道：「老辦法，我聽我的音樂。由你去用你那天才腦筋，想出一個救我們兩個人的方法。有這麼一次你想不出來，我們兩個就一起去坐牢。」

「我正想告訴你，這一次可能我們兩個要去坐牢了。」

「唐諾，」白莎說：「我一直在主持一個小小的，吃不飽，餓不死的偵探社，直到有一天你出現在我的生活圈中，於是我們大發起來。但是每次我也嚇得死去活來，總是在山窮水盡的時候，憑你的怪腦袋殺出一條血路來，而且有大筆的進帳。自此之後我習慣了享受。是我縱容了你。我不肯再回到貧窮的生活去。」

「這次假如你肯和我拆夥的話！」

「去你的，別再提拆夥！」白莎道：「你給我滾，滾出去好好用你的腦子……」

我離開她公寓。我關門的時候聽到史特勞斯的華爾滋正在平靜白莎那起伏但忠心的情緒。

第十一章　臨時辦公室

我到達辦公室的時候，卜愛茜已經把那封信打字打妥了。

「唐諾，」她問：「葛達芬是什麼人？我們辦公室沒有她的檔案呀。」

「我知道，她在外面和我聯絡的，白莎知道這件事。」

「喔。」

「我替她要回五千元錢，也替她要到了三百元現鈔。這些都要放進信封經郵局寄給她。」我說：「明天一早，你去郵局留交窗口，就說你是葛達芬。留一個地址給他們。」

「留什麼地址給他們好？」

我拿出一張卡片，卡片上我已經用鋼筆正楷寫上我那租來作偽裝公寓的地址。

「那位葛小姐在這個地址有一間公寓？」

我點點頭。

「用她自己的名義？」

「這個嘛……」我說：「她也許用的是別人名義。她目前不方便公開見人——這當然是據我看——但是這封信又必須交給她。我告訴你，我們該怎麼辦：我們不用普通信給她寄去。我們利用限時專送，把這封信寫上這個地址寄出去。不過，你加上由賴唐諾轉交葛達芬小姐收。然後，把信的副本仍舊寫郵局留交，仍舊是普通郵寄的，留存在檔案裡。要寄出去的信，你現在就下去投郵，投到郵局去。」

「不投在大樓郵箱裡？」

「不，投到郵局去直接快速。」

「我知道大樓郵箱十點鐘準有人來收件。」

「你絕對有把握？」

「當然，這是我的習慣，記住每一批郵件收郵時間。」

「好極了，愛茜，我正在擔心去郵局太容易刺眼了，萬一宓善樓跟上我們更不妙了。」

「宓善樓警官？他和這件事也有關係嗎？」

「凡是我做的事沒有一件他不在注意的。」我說：「凡是有什麼案子他不順手的話，總是偷偷摸摸想從我這裡弄點線索去。」

「現在他有不順手的案子了？」

我點點頭。

「唐諾，是不是那費律師謀殺案？」

「可能吧，」我說：「天知道他又什麼案子不順手了。反正有出什麼事的時候，宓警官第一件想到的是，當時我在哪裡？」

「這一下子我們可以出他意外了，我們把信投在郵箱裡，以限時專送送出。然後你可以帶我出去消夜。萬一有人跟蹤，看起來我們不過是在辦公室幽會之後再出去了。」

「不錯。」我告訴她。

「你不會以為我強迫你帶我出去消夜吧？」

「我對你有長期邀請。」我說：「你只要隨時說什麼時候有空，就得了。」

「唐諾，你真好。」

「我們把信封好，外面蓋了一個限時專送的橡皮章。我們看準這一樓沒有人的時候把它投入了大樓信箱。我們出去消夜。」

消夜之後，我把卜愛茜送回公寓。

「唐諾，想進來坐一下嗎？」

我看一下錶，我說：「看來不要了，明天一天工作不會太少的。」

「答允我，不要把自己搞進麻煩裡去。」

「儘量小心好了。」

她把嘴噘起等我吻她晚安。我把車開到漢密街四處看看。

費律師住的地方是漢密街一七七一號。我就沿了大街前後一條一條街的步行。

一三六九號有些像達芬形容的那幢房子。這是一幢大的二層樓房子。建築的時期人們尚不難找到幫傭的人，所以房間都很大。

房前草地有一塊「出售」的牌子豎在那裡。整幢房子黑暗無燈。

我爬上門階試一下門鎖，門是鎖著的。

我走向前窗，看看四面無人，用一支強力的手電筒經過玻璃光線射向室內。

我看到客廳裡並沒有傢俱。我走回汽車，背下「出售」牌子上的聯絡電話號。

幸運的是牌子上寫著業主親自出售，掮客請免。

我打電話給業主。

一個男人聲音來接聽。

「對不起，我這麼晚給你打電話，」我說：「但是我知道漢密街一三六九號你有一幢房子要賣。能告訴我什麼價格嗎？」

「請問你是什麼人？」

「極可能我是你買主。」

「能告訴我你的名字嗎？」

「暫時不想。」

「那我也暫時不便報價。」

「別傻了，你插了牌子，目的是把房子賣出去。我正想買這樣一幢房，當然價格太高就談不成的。」

「你準備最高花多少錢買房子？」他問。

「價格這還不是大問題。這房子有四個睡房吧？」

「四個睡房，三套半衛生設備。」

「多少錢？」

「我準備要四萬一千元現鈔價。地皮很大呀。」

「有傢俱在內嗎？」

「沒有，完全是空屋。」

「抱歉，我那麼晚打電話給你。」我說：「但是我很感興趣。我能看房子嗎？給我鑰匙，我自己看也可以。」

「今晚不行。你怎麼會這麼晚打電話的呢？」

「白天我要工作呀。工作之餘，我也只有一點點時間可以出來找房子。這個地段及房子都對我很合適。我也喜歡直接和房主交易，如此雙方可以省掉不少的佣金。」

「當然。這是絕對的。」那人說：「不過，這次交易我希望全都是現鈔，所以我自己出面。地產經紀人對我說，現在這個世界沒有人用現鈔買房子的。」

「我要看中房子我還希望一次付清，用現鈔。」我說：「事實上我最喜歡付現——不過價格一定要合宜——這你瞭解的。」

「那你放心，這房子價格絕對沒問題。分期的話，可以賣到四萬八以上。」

我說：「明天晚上我要看另一幢房子，有什麼辦法今天晚上可以看你的房子嗎？」

「這樣好了。」他說：「我姓韓。韓奧能。假如真有意這房子，我現在過來，我們見面。」

「我是真有意的。」

「你現在在房子附近嗎？」

「我在不遠，加油站的公用電話亭。」

「我這就下來。我們房子前面見。」

「好極了。」我說。

我開車回到屋子去，把車停在車道上，才三四分鐘，韓先生就開著車來了。

他是一位塌肩膀很誠實的人，滿臉皺紋，有不消化的樣子。

「我姓賴。」我告訴他：「你既然肯告訴我名字，又肯自己送鑰匙下來，我們應該可以做很好的朋友的。」

他拿出鑰匙，送向前門的匙孔。「你會喜歡這房子的。」他說。

「沒有傢俱嗎？」

「沒有。」過了一下，他又說：「這個價錢怎麼可能還有傢俱呢？」

「水電如何？」我問。

「水電齊全，都沒有停。」他說：「我也時常在天黑之後帶人來看房子。我也有你相同的困難。我也在白天工作。通常我不會那麼晚出來的。」

他把門打開，走進去，把燈打開。

我們經過有回聲的門庭，進入客廳，又進入飯廳。我突然在門口停下。

「這是什麼東西？」我問。

他的眉頭蹙起來了，「說好那個人今天白天以前要把這些都搬掉的呀！」他說。

「這些到底是什麼玩意兒呀？」我問。

「一個人要一個臨時的辦公室，目的是做一些文件的影印本。他臨時向我租這個地方二十四小時，說好二十四小時內，他會把所有東西遷走的。」

「老天，」我說：「這些都是最好的影印機呀。而且好多台。奇怪，有人怎麼會選中這住宅區來影印大批東西？」

「我不知道。」他說：「來找我的人叫賀龍。他在辦公區也有一個辦公室，他說有批文件要在這裡印，他付了我很好的短期租金。」

「很好呀，」我說：「不過聽起來有點奇奇怪怪。」

「不知道。」韓奧能說：「這附近沒別的地方空著。這個人要一間完全空的房間。你看這裡是廚房，在樓下有兩個臥室。我告訴你屋子有四個房間，其實是五間。有一間傭人房在地下室，那間小房間也有浴廁的。」

「另外兩間臥室是在樓上？」我問。

「兩間臥室和一個大的起居室，起居室也可以變為臥室的。以前住這裡的人有個父親住在一起，父親佔樓上臥室和起居室，兩夫婦住樓下。父親後來過世了，這房子就太大了。……賴先生，你有家室嗎？」

「我正想成家。」我說。

他看向我，我說：「我快和一個離了婚的女人結婚，她一起有五個孩子。」

「喔，喔！……」他說。

我趕快跟下來說：「我和她認識很久了，她離了婚，我決心照顧她。」

「那這幢房子的大小正好適合你。」他說。

我說：「當然我還要好好裝修一下。」

「這房子裝修可以不花太多錢。樓上房間可以做一個孩子們的大起居室。」

「房子到底多少年分了？」

「三九年的房子，那時候建材實在，人工好找，不景氣使工人工作實在。有這塊土地的人正好有錢。他決定造幢好房子。」

我點頭同意。

我們上樓來到樓上。又再走樓梯到閣樓。

我說：「我要請代書仔細看一下地權。」

「這是應該的，賴先生。」

「我也要請我未來的太太看一下可能的新居。」

「當然，這是一定的。」

「她也有工作。」我說：「能不能把鑰匙交給我……」

他搖頭道：「不付定洋，我是不會把鑰匙交出去的。」

「好吧，」我說：「我付一百元定洋，假如你肯把房子三萬八千五賣給我。你把鑰匙交給我二十四小時，到時候如果我不要房子，一百元是你的，要是我要房子，扣除一百元定洋後，我應該立即給你三萬八千四佰元現鈔。」

他想了一下，他說：「三萬八千五百元是絕對不行的，怎麼說也不能賣，這個房子它絕對值……」

「我知道。」我說：「房子市價多少和我沒有關係。我要組織一個家，我只有多少錢，我自己知道。」

「這是你最理想的房子。」他說。

「可能。」我說。

「四萬一千元怎麼樣？現鈔。我不會討價還價的。」

「我也不會討價還價。」我說：「市價我不清楚，你心中的價格我也不清楚。我只湊得出三萬八千五百元，而且要看我愛的小婦人是不是同意，孩子們是不是同意。」

「你還沒有看草地吧？」他問。

「你還沒有來之前，我前後都看過了。」我告訴他。

他猶豫了一下。他說：「三萬九千五百元如何？」

我搖搖頭走向門口。

「三萬九千元。」他說。

「抱歉，韓先生，三萬八千五百元確是我極限。」

「我沒有意思這樣便宜把這房子賣掉。我假如交房地產公司賣，可能賣得更好。」

「我付現鈔，全部現鈔。」

「什麼時候？」他問。

「明天晚上十二點鐘，要不是一百元沒收，再不然你會得到一張支票，三萬八千四百元，在背後背書著過戶成功後可以兌現。加上先給你的一百元，正好是三萬八千五百元。」

我寫收據。

「那一百元在哪裡？」

我把皮夾自口袋中取出，交給他一百元。

韓奧能回到飯廳。飯廳裡不少影印機仍舊在，他湊在一架影印機上，用筆給我寫收據。

我接過收據，看了一下，伸手向他拿鑰匙。

他把鑰匙放在我手掌中。

「明晚十二點。」他說。

「明晚十二點。」我說。

「當然十二點不過是說說的。也不必真那麼準時。」他說：「看來，不到十二點你就應該先會知道要不要。一知道，還是請先告訴我。我不喜歡半夜十二點被別人吵醒的。」

「不會的。」我說：「我說十二點，不過說久一點，可以時間寬裕一點而已。女孩子決定事情比較慢。」

「我懂，我懂。」他說。過了一下又含糊地說：「這也是大事呀。」

我把鑰匙和收據放入口袋。

「我對你實在認識也不多，是不是？」他突然想起問。

我告訴他，我銀行戶頭在哪一家。我又說：「這些廢物垃圾怎麼處理？有人會搬走嗎？」

「事實上是應該已經搬走了的。」

「我必須要聲明，對這些玩意兒，我可不負責任的噢。」

「當然你不必負責任。他們搬來用，現在是應該已經搬走了的。」

「你說那個人叫什麼——賀龍來著？」

「是的，賀龍。」

「有他資料嗎？」我問。

「有個什麼辦公室在蒙拿鐸大廈。我有他電話號碼在——在家中。那電話由一個女人回答說賀龍沒有問題——百分之百——老實說，這些機器看來值好幾千元在那裡。」

「至少吧，那賀龍也有一套鑰匙吧？」我問。

「喔，是的。他說他要把文件搬來影印，所以我給了他一套鑰匙。」

「你說你有他的資料？」

「當然，辦公室在蒙拿鐸大廈還不夠嗎？」

我說：「一定是做大生意的。」

「據我看，他的辦公室不小。」韓說。

「那是一定的。」我說：「假如這些機器本來是在他辦公室裡的，那辦公室絕對小不了。韓先生，為了安全起見，我看我們應該清點一下現在機器的廠牌、數量，以免以後會有糾紛。」

韓奧能說：「我不會有糾紛的。收他短期臨時租金的收據上，我寫得明明白白。清點對你更沒有用處了。」

「萬一那賀龍將來說我偷了他一些機器，就不好了。」

「他得先有證明呀。」

「他可以說機器不見了。」

「不見有什麼用，必須證明是你拿的才行。」

我說：「無論怎麼說，我來做張清單絕錯不了。」

「你管你做，」韓說：「我可不會等你那麼久。這事與我無關，時間又那麼晚了。假如賀龍明天不再來取回機器，我會另外再要他一百元一天，也許找人估價把機器賤賣了。」

「好吧，」我說：「我就明天來寫清單。」

「沒有證人，清單沒有用。」韓說：「賀龍會說你拿了他一兩台機器之後才做的清單。」

「那倒也是真的。有沒有希望請你等一下下，幫我點這些東西——真的對我倆都有好處的，韓先生。」

「好吧，好吧！」他說：「你也真會纏，這樣，我們只點大件的數目，我們不看型號。你看，左邊這裡有兩台，當中有一台，這裡一共有五台，這都是影印機。」

「沒錯。」我說：「不管型號，這裡一共有五台影印機。」

「好了，我記住了，」他說：「其實這已經足夠了。這些東西，反正一早有人會來搬走的。」

「我希望我未婚妻來的時候，這些怪東西已經搬走了。」我說：「這些東西在飯廳裡太不相稱了。」

「ＯＫ，ＯＫ，隨你怎麼告訴她，我要回家了。」

「這些東西他們怎麼搬過來的，貨車嗎？」我問。

「應該吧，這種東西又不能放在汽車裡的。」

韓先生領頭，我們走出房子，前門有彈簧鎖自動會把門關上。他走到馬路角上，上車走了。

我回進屋去，把燈全部開了，仔細搜索這房子。房子裡什麼也沒有，只有五台影印機，每台影印機架在一個架座上，每個架座都有櫃門，門裡裝滿了影印紙。我把五台機器的型號、出廠機號，都記在小本子裡。

我才把這些事辦妥，就聽到警車警笛號，警車很快在接近。

我快快把燈熄了，溜出屋來。

我才到大門口，一輛車子快速經過我前面。車行太快了，我只有一個印象那是輛深色轎車，其他什麼也不知道。

在那車後，四、五十碼左右，跟著輛警車，紅色燈號在閃動，警笛嗚嗚地叫。

前面的車子突然地轉入橫街。它幾乎翻車，車胎擦著人行道邊上；兩個輪胎離開地面，著地時左胎又擦向對面的人行道，一個左轉上了另一條巷子。它轉進那巷子時我看不到，從車子擦向左邊去，想像中該是如此的。

駕警車的是個老手，他右轉，轉得更急，輪胎叫得更兇，但是車子平穩得多，我急急向前兩步，看它有沒有左轉。

沒有聽到再度左轉的輪胎聲，但是我聽到三聲槍聲。

我的車子停在路旁。我把車移到半條街的距離，坐在沒有燈的車子裡，看會發生什麼事。

過不多久，更多的警車來了。他們在附近巡視。

更多的各色各樣車子出現在附近。突然，一道光線照向我臉部，一部警車開到我旁邊。

「你在這裡幹什麼？」一位警官問。

「我在等。」我說。

「等什麼？」

「等什麼？你們問等什麼？」我說：「我好好在開車，一輛警車迫得我靠邊站，之後又來了那麼多警車，我在等你們把公事辦完，我可以開車回家，免得波及在你們的公事裡面。」

「我要先看看你的駕照。」那警官說。

我無可奈何地把駕照給他看。

突然，那警官警覺起來。「賴！」他說：「你是賴唐諾！這件案子本來就有你混在裡面，不是嗎？」

「哪件案子呀？」

「你是宓警官老朋友，是不是？」

「我認識他，沒有錯。」

「你，你別動，你等在這裡，不要走。」

警官回到自己車上，使用他的無線電通話。四五分鐘之後，他走過來，態度完全改變了。

「你在這附近幹什麼？」他問。

「辦一件案子。」

「這件案子使你有必要到這一帶來？」

「是的。」

「是什麼案子？」

「宓警官他知道的。我要收一筆補償金。」

「善樓說你補償金已經到手了。」

「那只是工作的一半，我還有另一半工作。」

警官說：「抱歉，賴，我要搜查一下。」

「查什麼？」

「你，給我出來，面對車子。把兩隻手放在車頂上。」

「你是要搜我身？」

「沒錯，要搜你身。」

「你沒有權呀！」

「我非搜不可，你在這件案子中鬼混鬼混的。」

「到底哪件案子？」

「你知道的，謀殺案。」

「我只不過代表我的客戶，」我說：「而我被你們警方牽東牽西的。你反正沒有權可以搜我身。」

那警官道：「告訴你無妨，有人破門而入費律師的家。把地檢官的封條撕掉，這是很大的刑事罪，還搜索了房子裡面。有一位鄰居向警方報了案。屋裡的人在警車到達一步前開車就逃。要不是後來警車一個車胎爆胎，否則我們已經捉到他了。」

「警官先開了一槍警告，然後向他輪胎，向他油箱各開了一槍。」

「沒有人向我開過槍呀。」我說。

「那是你的話。我們看到的你是好像無辜的停車在這裡。老朋友，你在這件案子中出現的次數，也太多了吧？」

那警官還是搜了我的身，只是沒有查我皮夾裡面，也沒查我口袋裡的小本子。不過他找到了漢密街一三六九號房子的鑰匙。那些鑰匙上並沒有註明它是哪幢房子的鑰匙。

「你小子的鑰匙真不少。」他說。

「門多，沒有辦法。」

「你右褲袋裡有一個鑰匙袋，裡面不少鑰匙；你左褲袋裡又有一串鑰匙；右上裝口袋又有一把單獨的鑰匙。」

「有罪嗎？」

「這些都是那些門的鑰匙？」

我說：「我有一幢公寓；我有一個大辦公室；我有很多各色各樣地方可以接見客戶。我沒有理由告訴你哪把鑰匙是配哪扇門的。假如你想把這些鑰匙帶去配配費律師的大門，你儘管帶去，我不反對。」

「我們本意也是如此。」那警官道：「你跟我車子一道去，不要想溜。」

我跟了他的車子來到費律師宏偉的住宅。那警官仔細地用我的每把鑰匙，試費律師住宅前門後門的鎖，最後他放棄了。

「好吧，」他說：「你可以離開了。不過多半善樓自己還會來找你。善樓一直認為，這件案子你是混在裡面的。」

「你也替我告訴善樓，他的才能對這一類設計好的謀殺案，還是差一點點。」

警官生氣了。

我說：「好，我這就走，好嗎？」

「等一下，」他說：「我再聯絡一下總部，也許他們對你尚有意見，我說好要和他們聯絡的。」

「要我等多久？」

「十分鐘吧！」

我懂了，他是派個人跟蹤我。

那個跟蹤我的人是怎麼樣向警官回報他已經就位了的，我不知道。反正十二分鐘之後那警官說：「你現在可以走了，我們不希望你再在這件案子裡出現。」

我知道他們至少會有兩組人在跟蹤我，所以我直接回公寓，不出來。

事實上也無事可做，除非去看達芬，不知她混得如何了。但是我不能去，一去警察就會知道了。

我知道，善樓目前最喜歡約談的，就是葛達芬了。

第十二章　嫌疑犯

第二天早上，我開車去辦公室，我慢慢的兜著圈子，仔細看有沒人在跟蹤，我發現只有一輛車在跟蹤我，是輛警用的民車，知道只是他們常規工作之一而已。

九點鐘，我打電話給不願與警方合作的坡地建設委員馬學維。

「馬先生，我是賴唐諾。」我說。

「請問有何貴幹？」他問。

「我要打聽一些你在主管的，近郊坡地建設計劃的內情。」

「不行，我已經嘴巴太快了一點，我不可以再說了。」

「我不要傳統的那些資料。」我說：「我要的不一樣。」

「什麼不一樣？」

「我要的是你個人對費律師的感想。」

「你是什麼人，記者嗎？」

「不是，我是一個嫌犯。」

「一個什麼？」他提高聲音問道。

「一個嫌疑犯。」

「什麼嫌疑犯？」

「我自己也希望知道。」我說：「警方在找我麻煩。」

「你認識費律師嗎？」

「完全不認識，不過我現在正在想多知道他一些。」

對方很小心地保持靜默一段時間，然後他說：「為什麼想到找我呢？」

「想和你談十五分鐘。」

「我不喜歡自作聰明的人。」

「我不是自作聰明。」我說：「我只要求十五分鐘的接見。你不想說的事可以不必說；你不想回答的可以不回答。警方對你尚未完全釋嫌，只不過他們目前想把我看成頭號嫌犯而已。我們倆可以說站在同一立場。你不也在受嫌嗎？」

一陣沉寂之後，對方說：「我就給你十五分鐘。你到我這裡來，你過來要多久。」

「十分鐘就可以了。」

「好吧，十分鐘之內你過來，你只有十五分鐘，到時我請你走路。如果說得不上路，說不定不到十五分鐘，我就請你走了。」

「公公道道。」我說。

實際上，馬學維的辦公室離開我打電話的地方只有兩條街。我走過去把我名字告訴接待小姐。

她好奇地看我。她說：「賴先生，請進，他在等你。」

馬學維是體育選手一類的典型。他寬肩，三角多肉的頸部，曲濃的眉毛，短短的鼻子，方下巴，大手掌。

他用灰眼珠看我，從頭到腳。

「賴，你坐下談。」他說。

我坐下來。

「想知道什麼，賴？」他問。

我說：「你是董事會的一員，你們公司即將招標。費律師是你們的律師。費律師有沒有必要，一定要把所有底案事先給你們大家一一看過？」

「當然，那是一定的。我們做一筆大標。我們要知道投標者是些什麼人，我也要知道別人肯出什麼價。」

「你們已經定好了他報告的時間了？」

厚厚的手指打鼓似地敲著桌面，「是正要想召開會議。」他說。

「由誰來召開？」

「由費律師。」

「什麼時候？」

「他說還有一些底標沒弄好，也是最重要的部份，這一次會議的召開，事實上已經遲了一些了，但應該是即將召開的……，賴，這些我對警方都詳細說過了的。」

「你沒有告訴他們，謀殺案發生的時候，你在哪兒？」

「你渾蛋，我當然沒有！我在哪不關你的事！再說，和警方合作——警方給你多少合作?!

「他們來東問西問，然後一轉身，他們把我回答的告訴新聞記者，換取記者的合作。結果，你自己的私事，自己會在報上看到！」

我說：「你是指你私人隱私權被他們送給記者了？」

「隨你說啦，你來幹什麼？」

「我是私家偵探。」

「不像。」

「我在辦一件一個女人委託的重婚案子。當她知道她丈夫在洛杉磯尚有一位已結婚的太太時，他拿了她的終身積蓄，離她而去。

「我設法追蹤他來到洛杉磯。我要討回公道。

「我儘量要不使我的客戶拋頭露面。由於目前不便說的理由，警方認為她——可能是費律師被謀殺時，在費家的那女人，再不然她就是在費律師被殺不久後離開現場的女人。」

「經你一說，似乎當時有兩個女人在場。」

「我是如此說呀。」

馬學維又用手指敲打著桌面。他的手指顯示緊張，但臉部像石膏一樣絲毫不起反應。

過了一下，他問：「還有什麼？」

我說：「警察最不喜歡的事，是私家偵探有什麼消息但不告訴他們。我目前不能向他們洩露什麼。我不能讓我的客戶出面。警方盯住我的屁股猛咬。目前最好的辦法是找一些可靠的線索出來，甩給他們，轉移他們注意力，讓他們奔向另一條路上，使我自己喘一口氣。」

「所以才來找我？」

「是的。」

「因為警方一定在跟蹤你。見你來找我，不知為的是什麼原因，於是警方就開始盯我。」

「他們會想你有什麼我要的消息。」

「他們知道你來這裡了嗎？」

「那是一定的，一條尾巴很明顯跟了我很久。」

「我不希望引起他們注意。」他說：「我有私人理由，不希望他們跟蹤我。」

他是粗頸寬胸一型的人，完全不像家庭以外另有金屋藏嬌的那一種人。

他看向我，我不說話。

「私人，完全和別人無關的理由，」他強調說：「我不會告訴警方，我也不會告訴你，我更不希望這種私人事件上報。」

「我懂。」我說：「我問一件事。」

「什麼？」

「你有沒有一點懷疑，費律師雖聲譽卓著，但是暗地裡他是有野心，自私的兩頭蛇，和商人勾結圖利？」

他反問我一句，使他的心思十分明確。「你說呢？」

「我認為是的。」

他思考了一下。他說：「請你不要向我要意見，只說一些你的看法給我聽。換言之，你既然來了，你說你的，我這一方中我自己決定。」

「不行。」

「為什麼？」

「你的消息不告訴我，我無法出牌。」

「不行。」他說：「我不能說。不過我有辦法，我不在意聘請一個聰明的私家偵探。」

我說：「要是你們的底價被影印拷貝，送交了後來的張三先生。張三會知道你們的真正底價，這一招值多少錢？」

「大概五十萬至一百萬吧。要看資料是否包括所有一切附屬工程，我們的做法，計算方法等等——不過這是一大堆的文件，多得來不及抄，來不及算，也來不及看。」

我說：「如果你有一小時時間，我有一件有趣的東西給你看。」

「你要求什麼回報呢？」

「萬一我被捲入，我希望你的聲望可以做我後盾。」

「我對你不認識，我不能保證。」

「我讓你自己作主。」

他伸手去拿帽子：「多久？」他問。

「一小時足夠了。」我說：「有一件事你要注意了，我是被人在跟蹤的。我們要把尾巴甩掉，才能到目的地去。」

「你有辦法嗎？」

「跟蹤是我的吃飯本領，」我說：「我知道怎麼去跟蹤，我當然知道怎麼樣能甩掉跟蹤我的人。」

「我倒想學一下。」

「第一是在發動任何行動前，要假裝完全不知道自己被跟蹤了。這一次，和你是在友誼性交談。你是本大廈一個住用戶，你在九樓，你可以打電話給樓下警衛說你有事，要偷偷出去，所以請他準備一架電梯停在七樓上。

「我們走向電梯，跟蹤我們的人可能只看住前面大門。也許另有一位跟蹤的在九樓走道上。我們在九樓進電梯；我們在七樓出電梯，我們快快進入在等我們的電梯；請管理員帶我們直下地下層，我們自後巷走出去；先找一個有後門開向巷子的店，從後門進前面出；我們找輛計程車帶我們去租車公司，我們租車去目的地。」

「甩掉一條尾巴，要花那麼多勁呀。」

「甩掉一條能幹的尾巴，確要花那麼多勁。」

「一定有用？」

「在九樓走道的人想像中，在樓下大門口的人一定會看到我們。只要我們自顧自不要表現出已經知道有人在跟蹤我們，多半我們可以成功的。」

馬學維拿起電話。他對秘書說道：「把大樓警衛長給我接過來。」過了一下，他說：「我是九樓馬學維。我要你派個人把一架電梯開到七樓，是的，七樓，我要用來開溜的。我要他開了門在七樓等著。等到我進電梯，我兩分鐘之後要用。」

他聽了一下，露出牙齒笑了。「謝了。」他說。把電話掛上。

我們等了兩分鐘。電話鈴響。馬先生接聽。他對我說：「電梯準備好了。」

「我們走。」我說。

我們並肩走出辦公室。走過走道，進入電梯。

一個本來在飲水機邊上的男人，若無其事地走向九樓一家房地產公司。

電梯門關上，馬學維說：「去七樓。」

開電梯的先生把電梯在七樓停下。馬學維帶頭，走道中沒有人，我們走進停在那裡等的另一架電梯。

一位瑞典籍的開電梯的好奇地問：「先生，怎麼啦，有什麼不正常嗎？要不要我替你做什麼，馬先生？」

「什麼也沒有。」馬學維道。一面邊給他五元。「我們一直下地下層。」

「是的，」他說，電梯就一路不停直下地下層。

馬學維看向我，牙齒露出來。「你要知道，賴，」他說：「我開始喜歡你起來了。我覺得你做任何事都可以勝任。」

「謝了。」我告訴他。

我們出來進入後巷，找到一家運動器材店，前後門都是開著的。我們進入，兩人互相說話，有如我們熱烈在討論一件事，把周邊的一切都忽視了。我們走過一群店員，都想問我們我們要選什麼用品，但是不好意思打斷我們的話題。我們走出前門，步上人行道，上了計程車，來到一家租車公司選了一輛車子，開到漢密街一三六九號。

我把車停妥，自口袋取出鑰匙，把大門打開。

「這裡到底有什麼，賴？」馬學維問。

「其實，」我說：「由你來告訴我比較妥當。」

我帶路走進餐廳。

餐廳裡空空蕩蕩一無所有。

「？」馬學維看向我。

我轉身帶路往回跑，「來，」我說。

「來這裡幹什麼？」他問。

「我本來要給你看些東西。」

「東西呢？」

「不見了。」

「哪裡去了？」

「我想要找出來。」

「先告訴我是什麼？」

「一批東西吧。」

「到底什麼東西？」

「一連串放在這裡的影印機，一共有五組。」我說：「都是最新快速型式的。」

他看向我，搧著眼皮，過了一下，他說：「什麼意思？」

我說：「你是費律師家的常客吧？」

「當然，有很多公事，他喜歡放在家裡做。我和費律師又有太多的事聯絡。」

「費宅離開這地方有多遠？」我問。

他抬眼四周估計一下，他說：「四條街遠。」

我什麼話也不說，只是帶路走出房子。我們的腳步聲在這寬廣的客廳，門廳，引起了回音。

我把大門鎖上，走向東側的鄰居。

「請問你，搬家的汽車是什麼時候到隔壁那家人家，來搬東西的？」我問。

「問我問對人了。」那開門接待我們的女人說：「清晨兩點三十分正。」

「你不會正好看到車廂上漆的是哪家搬家公司吧？」

「不會。我不會半夜兩點半爬起來看隔壁人家在做什麼？」

「聲音不小吧？」

「所有人都不開口。不過大卡車爬到這裡來，人員跑進跑出，手裡抬著東西。這幢房子應該是空屋。我告訴你，他們用毯子從車頂上垂下來，把有名字的地方遮起來了。」

「清晨兩點半？」

「沒錯，」她說：「你告訴我，你為什麼要知道這件事？」

我說：「我可能要買下這幢房子，我希望裡面一切東西的確已經全部搬出去了。」

「我看應該是搬空了。一個大車廂全部裝滿了。不是那種可以堆高的貨，不過滿滿一車廂是的確沒有錯的。」

「不知怎樣感激你。」我說。

我轉身向馬學維，「好吧，」我說：「我們回租車公司把車子還掉，用計程車回你公司。我們從巷子回去，再用那瑞典人的電梯上樓，那些條子還以為我們始終沒有離開過大廈。」

馬學維說：「賴，我開始漸漸瞭解你想告訴我什麼了。」

「那很好。」

「你雖沒直說，但是已經有點意思了——的確是很有意思的事。」

「我只希望對你能有用。」

「對我是有用，只是不知道怎麼個用法。」

我們依照我們設計的方法，乘電梯到九樓。

那個在飲水機旁，後來進入房地產公司的男人，並不在九樓走道上。

「你的車停在哪裡，賴？」馬學維問。

「兩條街外停車場裡，我走過來的。」

「你認為有人在跟蹤你？」他問。

「這一點絕無疑問。」

馬學維問：「賴，我需要你的時候，怎麼能找到你？」

我把公司名片給了他一張。

他看著我，思索地說：「你比你外表看來要聰明得多，」過了一下，他又加一句：「其實外表也已經聰明外露了。」

他自己笑了。自從見到他後，這是第一次開始看到他牙齒。

他用他大手擠著我的手。「賴，要謝謝你，」他說：「我想事情的最後結束一定會圓滿的。你我兩人在同一條船上。為了不使警方緊迫著追問我兇案發生時我在哪裡，我真的應該提供一些證據給他們，讓他們先忙一陣子，空不出身來。」

「兇案發生時你在哪裡，你自己知道不知道？」

「當然我知道我在哪裡！」他說：「此外只有一個人知道，我就是不要把那個人一起拖出來，弄得大家知道。」

「好吧，」我說：「反正你需要時，找我是找得到的。」

我又回到電梯，給了五元給開電梯的，我說：「地下層。」

電梯把我帶到地下層。我向開電梯的揮揮手，隨意地走出後門，就如剛才和馬學維一起走一樣。

我又到租車公司，另外租了一輛車，我左拐右彎確定沒有人在跟蹤我，然後去我備用公寓看葛達芬。

我文雅地把鑰匙插入匙孔，突然第六感告訴我，什麼地方已經出了差錯。

我輕輕把門推開一條縫，「有客人來了。」我說。

沒有回音，我站進去一步。

整個公寓有如被颱風颳過，床罩被掀起拋在地下，床墊被翻轉豎在房間一角，所有抽屜都被拉出來，壁櫥中的衣服都被拋出來，隨便散在地下。

我聽到從小廚房有聲音傳出，一個鍋子落下來掉在地上。

我一下把廚房門打開。

李瑟靈在廚房裡，站在一個小櫃子前，把裡面鍋子壺子抛出來，用手電筒在照櫃子的四個角落。

我站定在小廚房的門口。

一下子她看到了我，倒抽了一口冷氣，僵僵地直起身子。

「哈囉，李瑟靈。」我說。

「是你！」臉上現出真的驚奇神色。

「你以為會是誰？」我問。

「你怎麼會到這裡來？」

我向她笑笑，「我是跟蹤你過來的。」我說。

「不可能，絕不可能，不可能有人跟我過來。」

「你沒有做過偵探。你不知道本領好的人比比皆是。」我說：「要找的東西找到了沒有？」

「你，」她說：「還是別管閒事，早點滾，你是兇手！」

「告訴你，」我說：「你別忘了，現在只有你我兩個人在一起！」

突然，她瞭解我給她的威脅了。恐懼現於面表。

我向前移動一步。

她把自己的背貼向牆上，慢慢地移向後門，突然跑出去，走下後面服務員用的扶梯。

我衝出前門，根本懶得去關閉身後那扇房門。我等不及去乘很慢又會搖晃的電梯。我一步兩級的走住戶用的扶梯，來到人行道上，觀看停在門前的汽車。

第三輛車方向盤轉軸上貼的車牌，註明車子是屬於李瑟靈的。

我站到車旁去，拿出我點三八口徑轉輪槍向車身開了兩槍——一槍在車屁股上近油箱的上面，另一槍在車體上，使後車門留下一條幾乎看不見的擦痕。

我把槍放回槍套，跑向租來的車子，匆匆坐進去。一些好奇的行人聚集過來，在東看西看。他們聽到聲音，難以確定是槍聲，還是汽車逆火。我把車開走。

第十三章 沒有搜索狀的搜索

我把車開到自己偵探社大樓前，把車停好，走進白莎的辦公室。「白莎，攤牌的時候終於到了。」

「到什麼到？」

「走吧！」我說：「我們要去拜訪李瑟靈了。我們去她的公寓。她會搶先發難。當然我們不會使她得逞。」

「又如何？」

「我們搜查她公寓。」

「沒有搜索狀，就這樣搜？」

「就這樣搜。她先去我公寓搜的。我們以牙還牙，要告大家告。」

「我們進不去怎麼辦？」

「怎麼會，我們這邊有宓警官。先打電話找他。」

白莎軟下來道：「賴唐諾，你知道你在幹什麼嗎？」

「我知道。」我說：「我們不如此做，過不了關。」

柯白莎拿起電話，接警察總局，請到宓善樓來接電話。

「哈囉，善樓。」她說：「賴唐諾的腦子又加足馬力了。」

電話彼方囉唆了一大堆。

「對，對。」白莎道：「他現在在我身邊，我們一定得見你。」

白莎又聽了一下，她把電話拿著轉向我道：「唐諾，你又在外面搞名堂，善樓要提你回總部去問一問。」

「問我什麼都可以的。」我說：「不過先要請他和我們在司提爾公寓門口集合。這也是唯一能捉到我的地方。告訴他，我會在門口等，他一出現，我會自己迎接他的。」

柯白莎把我的話照說了。

善樓在電話那頭又嘰嘰哇哇說了一大堆。

「白莎，」我輕輕說：「把電話掛了，像是突然中斷了；萬一他打電話回來，告訴外面小姐說你和我已經一起出去了。」

白莎猶豫了一下，把電話掛了。

「對警察不可以這樣的，唐諾！」她說。

「你不可以，」我說：「我可以的。走啦，白莎。」

「唐諾，葫蘆裡到底是什麼藥？」

「我們兩個，」我說：「要代替宓警官去火中取栗。」

「他會感激我們嗎？」

「他會高興得要死！」

「但願如此。」她說：「因為從電話上聽起來，他氣得在發瘋。他說你又在自作聰明，他叫人跟蹤你，目的是叫你不要做壞事，在保護我們。你又作怪，你拋掉了他的人。」

「我們邊走邊談好嗎？」

我用租來的車把白莎帶到司提爾公寓。我們把車停在消防栓之前，公寓的對面。

兩分鐘之後宓善樓乘警車到達。

善樓在生氣。

「白莎，」他說：「這件事中我全程在保護你們。但是，這一次，這小子太過份了！」

「沒做什麼呀。」我說。

「一點面子也不留給我，你這小子不是太過份是什麼？」

我說：「昨晚上你的一個人向一輛車子開了兩槍。」

「怎麼樣？」

「地點在費律師家附近。」

善樓瞇起兩眼道：「有內幕消息嗎？」

「你留在這裡，」我說：「你會看到一輛車子，車身上有兩個彈痕，相信車子十分鐘內會出現。」

善樓煽著眼皮，像不認識我似地看我。「真像你說的，你會變出一輛車子，上面有兩個彈痕，我就服了你。小不點，什麼人的車子？」

「車子是李瑟靈的。她住在這公寓十四B。」

善樓思索地說：「假如她的車上有兩個彈痕，我去申請搜索狀應該沒有問題。」

「申請到又有什麼好處？」

「不知道，至少可以進去瞧瞧。」

「瞧也沒有用，什麼都瞧不到了。」

「為什麼會瞧不到？」

「她知道馬上要出事了。」

「她怎麼會知道馬上要出事了？」

「因為她車上有了兩個彈痕。」

「等一下，等一下——」善樓道：「假如這又是你小子搞的什麼鬼，你一定要仔仔細細對我說明。我要親自檢查證據……這樣說好了，假如我要想弄一張搜索狀，我要天公地道的經過正式批准去弄到它。」

我說：「用你的方法去弄搜索狀，李瑟靈早就溜了，所有證據都沒了。你想要得到證據，李瑟靈進屋十秒鐘內，你要闖進去。」

「沒有搜索狀，我不能搜索。你想她會親自同意歡迎我進去搜嗎？」

「門都沒有。」我說：「但是你以警官的身分，假如有正當理由進去，隨後發現了證據，那是另外一件事……」

「哪一類證據？」

「等一回看。」

「但我是警察，我有什麼理由可以進入民宅呢？」

「那就是高院判例的最有意思部份。你是警官，你的手就被綁死在背後。你對付疑犯，你先要警告他；你要告訴他，他有什麼權利；你要讓他知道他有權請律師；還要告訴他，他可以不回答你任何問題。所以你如果硬要疑犯說話，你將來不可能帶他上法庭受審。你想要繩之以法，你不可能請他開口回答你問題。」

「這些渾帳的高院判例，還用你說！」宓警官恨恨地說。

「你一生都必須牢記在心。」我說。

「不如此行嗎？」他說：「但是我心不甘，情不願。」

「但是，」我說：「這高院判例也留下一個非常美好的漏洞。假如有一個不太守法的私家偵探，他故意忽視嫌犯的權利，你不得已介入糾正，但是一切犯罪證據就都在眼前，你也不能把眼睛閉上，硬說沒有看到，是不是？」

「我們又怎麼能造成這種情況呢？」他問。

我用大姆指向柯白莎指一指。

善樓道：「渾蛋，你這小不點大渾蛋。你越說越……」

「閉嘴，」我說：「她來了。」

我把善樓推到一輛車後躲起來。

李瑟靈自己被弄得昏亂不清，已經無心於注意周遭的事物。她退車向路邊，撞到了後車的前保險桿，關上引擎。把車匙一下拉出，跑向公寓的入口。

「來吧，警官，」我說：「不走來不及了。」

我們跑過街道，柯白莎搖曳地跟在後面。

善樓停在李瑟靈車子前面很久，他仔細研究彈痕，然後走向公寓進口。

白莎問我：「唐諾，要我做什麼事？」

「照你老套辦。」我說。

「動粗的？」她問。

「越粗越妙。」

「這次可以脫罪嗎？」

「一定。」

她嘆口氣道：「你是一個有腦筋的小渾蛋。我以前聽你的話幹過這種事，這次老娘又豁出去了，白莎又要出馬了！」

我們走入公寓的門廳。善樓把證件給門口守衛看，我們進電梯。

我敲十四B公寓的門。

裡面一陣子沒有回音。

我又敲門，並且喊道：「有警官來看你的車子，太太。你車子上有彈孔。」

門輕輕打開一條縫，李瑟靈道：「我也正想向警方報案。有一個私家偵探叫賴唐諾的故意向我車子開了兩槍……」

柯白莎一把把房門推開，打斷了她的話，一面說：「讓我們進來看看，你不介意吧，親愛的？」

柯白莎大步帶路進入客廳。

李瑟靈道：「我當然要介意。」突然，她看到我，她伸手一指，指向我。

「就是這個人，是他把我車上弄出兩個洞來的。」

善樓看向我，我看得出，他也想到了這句話的可能性。他看她，現在知道她是在說實話，他急急要置身事外。

「你要告他嗎？」他問。

「當然，我要告他。」她說。

善樓道：「夫人，這是一項嚴重的指控。沒證據要被反告誣衊的。但是你要告他的話，可以告惡意破壞他人財物，在市區開槍。你只要告，我幫你忙，但是你要支持告他告到底。」

「我現在就在告他。」

「事情發生在什麼地方？」我問。

「你會不知道嗎？我的車就停在你……」

「對呀，說下去。」我催她，因為她自動停了下來。

「我不必回答你的問題，」她生氣地道，然後轉身向善樓說：「警官，我要求你行動！我要你拘禁這個人。他已經好多次故意找我麻煩了。他去過消費者基金會說我壞話。他騷擾我，主要因為我有一些他要的消息，但是我不能給他。」

善樓對我說：「小不點，我告訴過你，總有一天你會有麻煩的。她車子上的彈痕是不是你弄的？」

我看向他，大笑。

「你是小孩子呀？」我說：「警方在追查一輛車子，昨天晚上在逃，是警方開槍射擊過的。她的一輛車子，有兩個彈痕在車身上。你為什麼不問問她昨天晚上在哪裡，或是問她一下她在漢密街幹什麼？」

善樓又看向她。自她的臉色，善樓對我的說法又有點相信。他又看向我，希望我再給他點信心。

我說：「白莎，四處看一下。」

白莎邁向裡走。

「你怎麼可以搜我的公寓！」李瑟靈大叫道：「不可以，警官，你要保護我！」

善樓大叫道：「白莎，你沒有權搜查這公寓。」

白莎既不聽他的也不聽李瑟靈的，自顧來到小廚房。她一把推開櫥櫃的門，向裡面看，轉回身來。李瑟靈跑向她像一隻野貓：野、抓、高聲的恐嚇。她想抓住白莎的頭髮。

白莎用手臂自外向內掐向那女人，正中腰部。那女人自地上彈起被拋在床上，牆上的掛圖都在發抖。

善樓開始走向白莎，突然中途改變主意。

白莎幾乎有點神聖殉道似地移向她看到的另一扇門，打開一看是浴室。

一陣掙扎，含糊不清的聲音自裡面傳出。

白莎一腳跨進去。

「他奶奶的，」她說。

我兩步跑向柯白莎身旁。宓善樓仍雙腳釘死了似的站在原地不敢超越雷池一步。李瑟靈正想使自己的氣順一下。

葛達芬被人用一床白被單包住整個身體，白被單四角又緊緊打成死結使她動彈不得，嘴裡塞了東西，坐在浴缸裡。她自己完全不能動，求助的神色使她皮膚看來有點慘白。

白莎看了一眼，讓出路來。

「警官，」我說：「你也來看一下。」

李瑟靈回過氣來，把雙腿並列上舉，突然把雙腿降下來，利用反彈的力量把上身一下子坐起，雙腳著地，著地的剎那，人已經衝向門去。

柯白莎的速度在這種時候真可以說是出神的驚人。她是一個一百六十五磅的肥女人，身上又有索腰捆著，過去的時候直似坦克過境。

李瑟靈已經把門半開，白莎一把抓住她頭髮。

「親愛的，溜不掉啦。」她說。一把把她拖回房來。

李瑟靈大叫。

白莎甩她一巴掌另一手又把李瑟靈拋回床上。

我彎身向浴缸，去解那些死結。

第一個死結解的是綁住嘴巴那一塊布，又再把塞在嘴裡的手巾挖出來。

葛達芬大著舌頭說：「唐諾，我就知道……你會來……來救我的。」

善樓大聲想重整秩序。他說：「這都是在幹什麼？」

我向白莎道：「你看住她！」

「是在看哪。」白莎道：「親愛的，你給我好好乖乖耽著，否則我就坐在你肚皮上看你還動不動。」

我繼續在解死結。

善樓道：「唐諾，讓我來撕破它。這些死結將來可能要用來作證的。你知道這裡到底發生什麼事了嗎？」

「知道。」

「快告訴我。」

我們把被單用小刀割破，撕裂是很容易的事，葛達芬慢慢站起來。她裙子被拉起太高，我替她把裙子拉下來。

「裙子沒關係，大腿也不要緊。」達芬說：「把我弄出這個塘瓷做的棺材才重要。」

善樓和我把她自浴缸扶出來。

達芬的下肢血液循環尚未恢復，若不是我們扶著，她又差點跌倒，她靠向我，用手扶我的肩膀。

「我腿上像有針在扎。」她說。

「在這裡多久了？」我問。

「不知道，」她說：「一小時，一小時半吧。」

「我的限時專送郵件你收到了嗎？」我問。

她點點頭。

「你要怎麼辦？」

「我是獨立個性的，唐諾。我不願意再依靠你。手提箱我不想留在公寓裡，所以我放在一個極安全的地方。那就是……」

「現在不是時候，達芬。」我說：「你放在一個安全地方，之後又如何？」

「我拿了那三百元，小心地把公寓整理乾淨。我不願意在浴缸裡留給你一圈黑污垢，我把公寓整個像你有一個好的家庭主婦。我正要離開，這位李瑟靈來說：『賀先生終於又要你了。你的三百元在我辦公室裡。假如你跟我去簽一張收據，三百元就是你的。』

「我開始告訴她，那三百元我已經拿到了；於是我突然知道你給我的三百元，是你自己口袋中拿出來的。……我不願你貼老本。像個傻瓜，我跟了她出來。來到這公寓，她說賀先生立即會來，我可以當他面簽收據。她說先喝杯咖啡。

「我現在知道她在咖啡裡下了藥。我一喝就有點昏。我說我要昏過去了，她扶我進浴室，之後就一切都不明白了，醒回來時已經被人裹成了粽子了。我叫不出來，我想用鞋踢浴缸，弄不出大聲來，她把我的鞋拿走了。我怕有人會把浴缸水龍頭開水。我會像一隻被籠子關住了的老鼠一樣淹死。唐諾，你來得正好！」

善樓道：「小不點，幫個忙，把情況告訴我好嗎？」

我說：「李瑟靈是個兩面要佔便宜的女孩子。以往她也曾經因為違反消基法，和消基會的人有不少誤會。她辦了一個專門出租一小時、一天、數天的辦公室，當然租用的人有不少是辦些見不得人的事，她睜開眼都可以記在心裡，加以利用。

「費岱爾是政客型的律師。他只倒向有利潤的一方。他是近郊一塊坡地建設計劃的法律顧問，他私下希望羅陸孟得標。

「費律師把坡地計劃的底標內情帶回家來，目的是交給羅陸孟建築公司。如此，他們只要知道底標，最後一分鐘投入標單，價格比底標低一點點，即可立即得標。

「這種事當然要花不少黑錢。

「那位她口中所說的賀先生，實在就是陸華德。

「費律師被謀殺當晚，陸華德是準備去他家拿出坡地建設計劃的內情及底價，送到四條街口外一幢空屋去。在那裡，他架起了一共五套影印機。他們會把所有資料複印，把原來資料送回去，自己花時間做一套投標的標單，以便穩穩得標。

「在那空屋裡，他們準備通宵工作的，因為他們要吸收原有計劃裡精華之處，分別重計，如此到天亮的時候，他們做出來的標單才可合用。

「但是，在幾天之前，李瑟靈傳來報告，有可疑情況出現，有人來她辦公室東問西問。

「其實，報告是假，李瑟靈自己知道這是塊肥肉，想沾一份是真。她一直在替陸華德做事，她對費律師的一套知道得很清楚。

「我不知道羅陸孟三個人中，是否其他人也都知道內情，但是陸華德顯然是真正的全案中的主角。不過陸華德受託代公司投標，陸華德與費律師合起來在搞鬼。有人發現內情，在恐嚇陸華德，陸華德肯花一切代價找出那個人。那個人用電話恐嚇陸華德，說出來的是不應該有人知道的內情，陸華德已經被他詐去不少錢，都是把錢留在不同的地方，由對方取去的。

「他絕不會想到那個恐嚇他的人是李瑟靈。在他看來，李瑟靈是笨人，只是個他利用的人，是個出租辦公室的女人，而他是經常用不同名字去租辦公室的人。

「這件大案子來的時候，陸華德知道有人會搗蛋。他只要那些文件的拷貝，可不要麻煩。所以他和費律師設計好一套計劃。他們要個替死鬼，要個傀儡。要個落魄的人，要一個說出來也無人會相信的故事。這個人要替他們去把一個手提箱的文件拿出來，萬一被人捉住，他們可以置身事外。所以他們在報上登了一則廣告。

「廣告初看什麼問題也沒有。但仔細一看，就知道他們找的是走投無路，為三百元願意做一切工作，包括偽證在內的。」

「這些都可以證實嗎？」善樓問。

我笑笑道：「你可以證實呀。只要把這婆娘關起來問一問，就明白了。」

「什麼人殺了費律師？」他問。

「用用你的腦子。」我說：「現場有一個女人。費律師大罵她是叛徒。這個女人最後想敲詐一大筆現鈔，然後逃之夭夭出國去享受。」

「你亂講！亂講！」李瑟靈大叫道：「我根本沒有去過他家。」

「兩個彈痕在你車上。」我問：「怎麼解釋？」

「彈痕是你弄上的。」

「對警察講呀！」我說：「他們正在找有彈痕的一輛車子。」

善樓用頭向葛達芬方向一擺，他問：「這位年輕小姐與本案什麼關係？」

「這位小姐，」我說：「名字叫葛達芬，是他們選中的傀儡。她將是你的重要證人。她在房子裡，聽到費律師說李瑟靈是個叛徒，一直在敲詐自己人。李瑟靈以為費律師那麼有身分，不可能不付錢給她。但是費律師再三思索之下，改變了以往的初衷，告訴她她一毛也拿不到了，反而要報警了。

「李瑟靈生氣了，她也不願拿不到錢，反而又多了敲詐的記錄。她迷失了心智，開槍打死了費律師自後門跑了。

「她也許本來就停車在後巷。反正她的逃路沒有什麼阻礙。不過她知道費律師留有給陸華德的文件皮包，她也懷疑費律師有個皮包裡面有現鈔，準備付給她來擺平恐嚇的。

「李瑟靈研究的結果，我或是葛達芬拿了那只有錢的手提箱。我在應徵的時候，留有我那租用的公寓地址給她，她去那找我，找到了葛達芬。

「李瑟靈把葛達芬誘出了公寓，在自己公寓中，把她『處理』好，又回我公寓去，拿了在達芬身邊的鑰匙，開了鎖——你真該等一下就去看看那公寓現在成了什麼樣子，像是才被颱風掃過。」

說到我公寓被弄成這副模樣，葛達芬哭兮兮地說：「喔！唐諾。我離開時，那公寓又乾淨又整潔。」

善樓好像一半信我，一半又有點怕。「唐諾，你這小渾蛋。」他說：「老天處罰我，為什麼自從有你之後，我老是混進這一類進退兩難的案子。你告訴我一件事。那些車上的彈痕，是不是你弄上去的？」

「問我是嗎？」我問道。

「問你，是問你！」

「警官，程序問題。一旦刑案經過調查，進入你要指控一個疑犯的時候，你要依法定程序辦理。你不能沒有被告律師在場的情況下私自問問題。這些規矩，你是明白的呀。」

善樓站在那裡不動，兩隻腳分得很開，摸呀摸的自口袋摸出一支雪茄，塞進嘴裡，還是不能決定行動。「什麼亂七八糟的情節。」他說。

「報紙記者會喜歡得不得了。」我說：「也許他們就喜歡你用這種姿態給他們拍張照。」

「我用什麼證據，來證明這一切？」他問。

我用眼睛四面看一下。

「那把用來殺死費律師的槍，應該還在這公寓裡，沒想到要處理掉。外行人最喜歡，以為最安全的藏槍地方應該在哪裡呢？」我說。同時我注意到地上有一些白色的粉末。

我把釘死在天花板上靠牆的一扇茶杯櫃櫥的門打開。取下一個印有「糖」字的大罐子。我把大罐去掉蓋子，倒進水池去。

白糖倒出來，重重悶悶一下，落下了一把藍鋼，點三八柯特轉輪。

「警官。這就是你的謀殺案子。」我說。

李瑟靈大喊出聲，「陸華德是個壞胚子。他會把一切都推到我身上，反過來咬我的。這下我死定了，我要說出一切來，我要證明這件事裡，他比我罪重得多。」

善樓把雪茄自嘴巴中換一個位置，他說：「來吧，妹子。我把你送到安全的總部去。你應該請一個律師。你可以保持靜默。」

第十四章　黑幕

宓善樓警官把李瑟靈帶往總局之後，我脫鉤了。

我問葛達芬：「達芬，那筆錢你怎麼處理了？」

「錢在我皮包裡，被她拿走了。」

「不——不是那三百元——那四萬元。」

她說：「在我要離開公寓時，我不想把它留在公寓裡，我也不知道怎麼辦才好，所以我把它帶到郵政總局當包裹寄到你辦公室，限時專送，現在應該已經到了。」

「那就留著好了，必要時也未必不能拿來用一用。」我說：「來吧！我們回辦公室去。」

「三個人一起去。」白莎說。

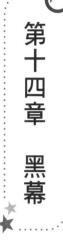

我們進辦公室時，鄧邦尼正一個人坐在柯白莎私人辦公室等候我們。他自白莎身上，轉過來看我，在搖頭。

「我在警方的一個內線朋友把一切都告訴我了。」他說：「你怎麼能辦成如此圓滿的，真使我百思莫解。」

「反正我們完成任務了。」白莎道。

「那絕沒有錯。」他承認道。

「當初你亂吹的什麼大陸保險理賠公司，怎麼回事？」

「真是抱歉，事實上，我是代表洛杉磯所有的建築界的。

「我們知道最近工程投標黑幕很多，又聽到這次社區的開發工程有一個大黑幕，中間人就是那李瑟靈。正當我們要調查時，看到報上這則廣告，決定自此著手。

「我一直和李瑟靈接觸，她也一直以為我在做一些不十分正當的生意，她把我當成一個可能有一天會租她小辦公室的人。她可以利用小辦公室內知道的情況敲詐我，或敲詐我的客戶。

「我知道偵探社都希望能有大保險公司客戶，我也知道每一個私家偵探都會躍躍欲試，想查那三百元是怎麼回事。

「經過李瑟靈告密給我，我知道他們不再考慮賴唐諾了。當然我有點生氣。我覺得賴唐諾不應該在第一回合就被刷下來了。這種角色，應表現出急於得到三百元，或是只要裝得傻裡傻氣就好了。」

「要不是爆出一個葛達芬來，」白莎說：「唐諾一定會得到這件工作。葛達芬和他們想要的那種人百分之百配合。」

「是的。」邦尼說：「這件事我下決定太早了，我認為唐諾一定在自作聰明，所以人家不要他了。我一直想找出那賀龍的真正身分。我從沒想到他是有大建築公司董事身分的人。我也沒想到費律師已經豐衣足食了，還要吃裡扒外。我們也一直在調查羅陸孟三氏的公司以往為什麼總是比最低標只少幾千元，就得標大工程，但是費律師處理得十分小心，證據不好拿到。」

「現在你不是一切都稱心了，證據都攤開來了。」白莎說。

「沒錯，沒錯。」

「下一次，」我告訴他：「你自己不應該在裡面亂搗蛋。我經過李瑟靈設計了一個圈套，走進去的不應該是你。」

「你是指中午吃飯時的約會？」

「指那個約會。」我說。

「沒吃中飯，只是喝杯雞尾酒。我四周一看，看到你的秘書也在用飯前的雞尾酒。她還沒有看到我，我不要她見到我，所以我告訴李瑟靈我要溜了，叫她兩分鐘後自己付帳回辦公室。

「之後我進洗手間，在裡面逗留了半小時才出來。我出來時，你秘書已經用完了雞尾酒，不見了。」

我說：「那個陷阱是專為李瑟靈而設計的。我希望她能替我去迫使幕後人物現形。我迫她打電話告訴幕後人，我根本不是什麼傀儡，而且像是已經知道內幕，非常接近他們要堅守秘密的事實了。而你，卻七差八錯闖進了這個陷阱來。」

「這件事，我應該抱歉。」他說。

「抱歉有屁用！」白莎道：「寫張借條，上面說茲欠到抱歉二字，我們能用來作開銷嗎？快拿出支票簿來吧。」

邦尼說：「你們兩位應該靠聲譽維生的，不過，支票還是要開給你們的。」

相關精彩內容請見《新編賈氏妙探之29 逼出來的真相》

倪匡珍藏限量紀念版 13

衛斯理傳奇之
老貓

（含：老貓・大廈）

本書附
作者印簽版
簽名

散發邪惡光芒的碧綠貓眼，像是比人類更聰明的感覺
神秘的張老頭及他的大黑貓，究竟是什麼來歷？

本書包含〈老貓〉及〈大廈〉兩篇故事，張老頭與他的大黑貓因半夜敲打聲擾人清夢而不斷搬家，衛斯理好奇心大起，卻發現這隻貓的骨齡顯示竟有三千多歲；羅定去看一幢有二十七層的新大廈，豈料他搭上一部似乎不斷上升的電梯，照時間計算，可能已上升了幾千呎，然而，世上決無那麼高的大廈！

新編賈氏妙探 之28 巨款的誘惑

作者：賈德諾
譯者：周辛南
發行人：陳曉林
出版所：風雲時代出版股份有限公司
地址：10576台北市民生東路五段178號7樓之3
電話：(02) 2756-0949
傳真：(02) 2765-3799
執行主編：劉宇青
美術設計：吳宗潔
業務總監：張瑋鳳

出版日期：2024年1月 新修版一刷
版權授權：周辛南
ISBN：978-626-7303-21-4

風雲書網：http://www.eastbooks.com.tw
官方部落格：http://eastbooks.pixnet.net/blog
Facebook：http://www.facebook.com/h7560949
E-mail：h7560949@ms15.hinet.net
劃撥帳號：12043291
戶名：風雲時代出版股份有限公司

風雲發行所：33373桃園市龜山區公西村2鄰復興街304巷96號
電話：(03) 318-1378
傳真：(03) 318-1378
法律顧問：永然法律事務所 李永然律師
北辰著作權事務所 蕭雄淋律師

行政院新聞局局版台業字第3595號 營利事業統一編號22759935

定價：299元　

國家圖書館出版品預行編目資料

新編賈氏妙探. 28, 巨款的誘惑 / 賈德諾(Erle Stanley Gardner)著；周辛南譯. -- 臺北市：風雲時代出版股份有限公司, 2023.05　面；　公分
譯自 : Traps need fresh bait
ISBN 978-626-7303-21-4（平裝）

874.57　　112002578